KB253085

THE **RECORD** OF **RETURNER**
현중 귀환록

FUSION FANTASTIC STORY
푸른 하늘 장편 소설

천중 귀환록 9

푸른 하늘 장편 소설

초판 1쇄 찍은 날 § 2012년 6월 25일
초판 1쇄 펴낸 날 § 2012년 6월 29일

지은이 § 푸른 하늘
펴낸이 § 서경석

편집부장 § 권태완
편집책임 § 박우진
디자인 § 이혜정

펴낸곳 § 도서출판 청어람
등록번호 § 제1081-1-89호
등록일자 § 1999. 5. 31
어람번호 § 제1-1414호

주소 § 경기도 부천시 원미구 심곡2동 163-2 서경B/D 3F (우) 420-822
전화 § 032-656-4452   팩스 § 032-656-4453
http://www.chungeoram.com
E-mail § chungeorambook@daum.net

ⓒ 푸른 하늘, 2011

ISBN 978-89-251-2923-5 04810
ISBN 978-89-251-2696-8 (세트)

THE RECORD OF RETURNER

현중 귀환록

푸른 하늘 장편 소설

FUSION FANTASTIC STORY

9

현중 돌아오다

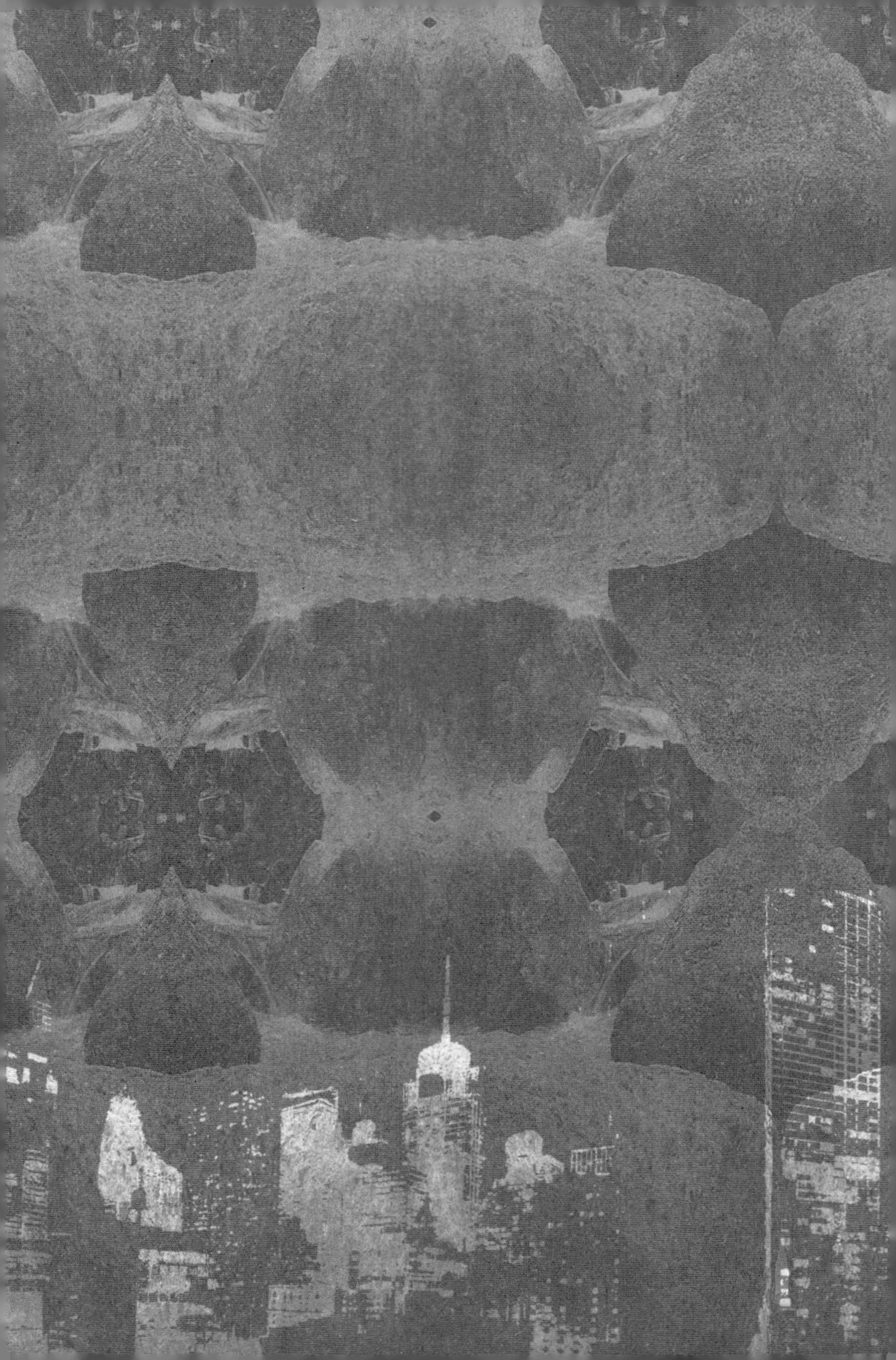

CONTENTS

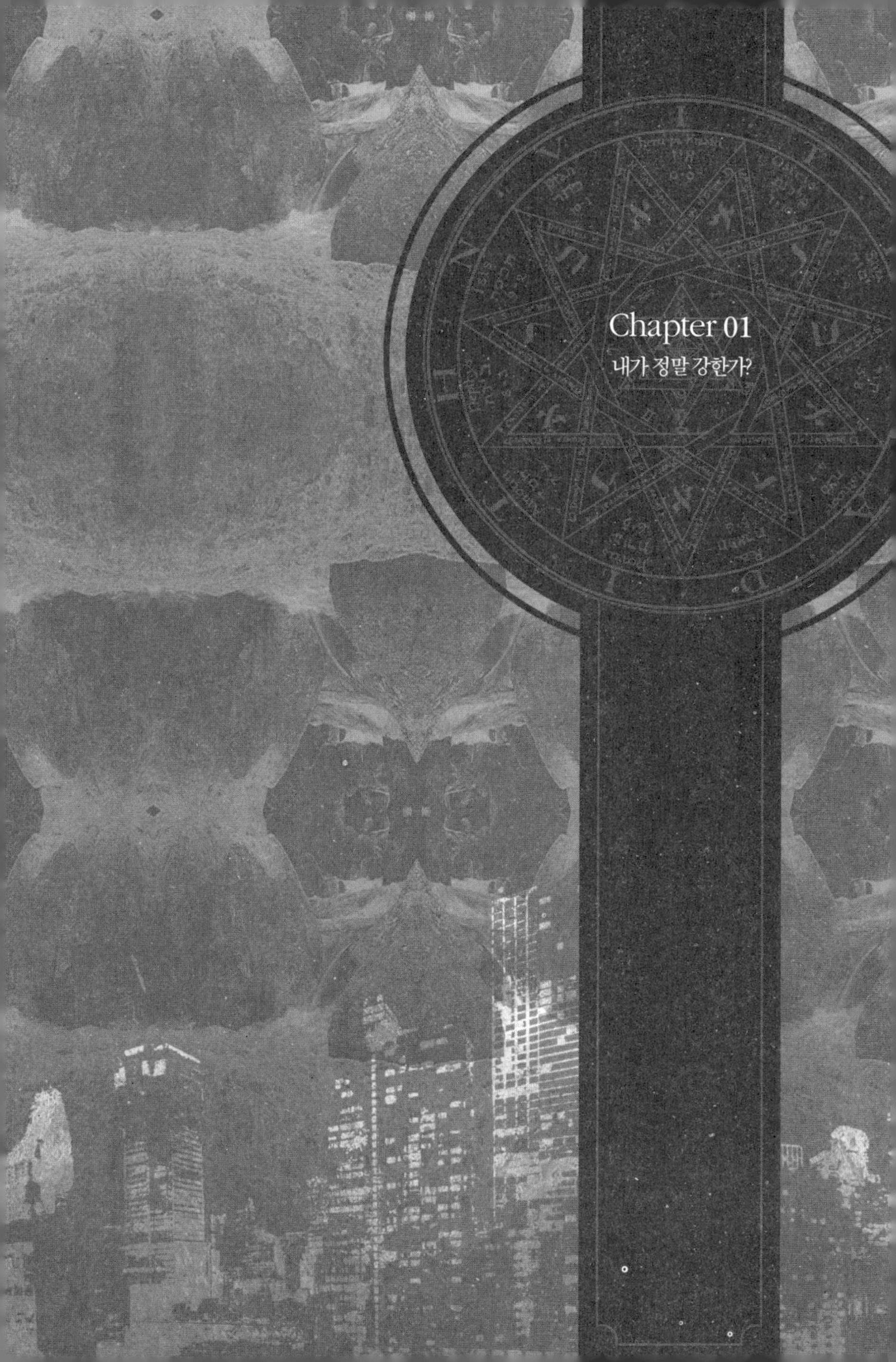

Chapter 01
내가 정말 강한가?

멈칫.

메로우를 데리고 러시아로 가기 위해 현중이 오른발을 움직였다.

그 순간 멈췄다.

그가 고개를 들어 정면을 바라보았다.

"누구십니까?"

현중이 현재 이곳에서 존대를 할 만한 사람은 없었다.

그런데도 나직하면서도 감정을 느낄 수 없는 차가운 목소리가 현중의 입에서 나왔다.

[여유롭구나.]

현중의 물음에 상대는 오히려 웃으면서 비아냥거렸다.

“그렇게 보이십니까?”

[그럼 이게 여유롭다고 해야 하지, 긴박한 걸로 보이느냐?]

현중을 향해 서슴없이 반말을 하는 남자는 짧은 머리카락에 어떻게 보면 흔하게 볼 수 있는 그런 남자였다.

하지만 현중이 이렇게까지 경계를 하는 것은 바로 그 남자가 서 있는 이곳이 SAS 부대 안이었기 때문이다.

현재 수백 명의 군인이 오가고 있다. 현중은 이미 소문이 퍼져서 웬만한 군인들은 그를 알고 있기에 괜찮다. 하지만 현중과 마주 보고 있는 이 남자는 분명 낯선 인물임에도 어떤 군인도 그 존재를 알아차리지 못하고 있었다.

“존재감을 지웠군요.”

존재감을 지우는 것, 이건 지구에서 현중의 특허권을 따냈을 정도로 사용하는 사람이 없었다.

아니, 사용할 수가 없었다. 왜냐하면 존재감을 지우는 기술 자체가 바로 치우천황무의 하나이기 때문이다.

그런데 저 남자는 아무렇지도 않게 현중에게만 존재감을 분명히 드러내고 있었다. 이건 아직 현중도 하지 못하는 기술이다.

SAS 부대 내에 그 어떤 사람도 모르게 존재감을 지우면서,

현중에게만 분명히 존재감을 드러낸다? 고도의 기술이었다.

현중도 존재감을 지우는 이 기술이 이런 변형이 있을 수 있다는 것을 처음 알았다.

[네 녀석이 하는 걸 내가 하지 못할 리가 없지. 안 그러냐?]

너무나 자연스러운 하대에 현중은 잠시 상대를 응시하다가 피식 웃어버렸다.

"차원자시군요."

[그래. 그리고……]

남자가 다시 말하려고 하는데 현중이 기다렸다는 듯 가로챘다.

"치우천왕님과 함께하고 계시다는 분이시군요."

남자는 현중의 대답에 씨익 웃으면서,

[그래, 치우를 돕고 있지.]

현중은 설마 차원자가 먼저 현중에게 모습을 드러낼 줄은 예상치 못했기에 살짝 놀라긴 했다. 하지만 적이 아니니 표정은 여유로웠다.

"그런데 어째서 제게 그런 말을 하셨습니까?"

[후후훗, 내가 틀린 말을 했다고 생각하느냐?]

차원자가 현중의 대꾸에 오히려 비꼬듯 말을 하자 현중도 살짝 눈빛이 바뀌었다.

[현중이라 했느냐? 넌 네가 얼마나 강하다고 생각하느냐?]

뜬금없이 물어오는 차원자의 질문에 현중이 지체없이 말하려 했다. 그런데 순간 목구멍에서 말이 걸린 듯 목소리가 나오지 않았다.

"……."

[그래도 완전히 자만심에 젖어들진 않았나 보군.]

차원자는 현중의 행동에 뭔가 만족한 듯 웃으면서 천천히 현중에게 다가왔다. 그리고 현중의 어깨를 손으로 잡고는,

[이곳은 너와 이야기하기 그리 좋은 곳이 아니니 우선 자리를 옮기자꾸나.]

스르륵.

마치 공기에 녹아들 듯 현중과 차원자는 아무도 모르게 SAS 부대 내에서 사라져 버렸다.

아주 찰나의 순간, 현중은 전혀 다른 공간에 와 있었다. 사방에 모래가 깔려 있고, 뙤약볕이라는 말조차 우스울 정도로 뜨거운 햇빛이 내리쬐고 있는 곳이었다.

"여기는?"

"사람도 없고 아무리 난리쳐도 소문날 일이 없는 곳, 사하라 사막이지."

현중은 누군가를 옮겨주거나 스스로 축지법을 사용해 순간이동을 해왔다. 지금처럼 누군가에게 이끌려 순간이동을

하기는 처음이었다. 그래서 그런지 기분이 약간은 새롭기도
했다.

"뭐 시시한 서론은 집어치우고… 너!"

차원자는 다짜고짜 현중을 향해 삿대질을 하면서 미간을
찡그렸다.

"신이라는 존재가 우습게 보이지?"

"네?"

갑자기 차원자의 분위기가 살벌하게 변했다. 적은 아니라
고 살짝 방심하고 있던 현중은 긴장했다.

"치우가 오라고 한 말, 넌 한 귀로 듣고 흘렸냐, 아니면 그
냥 무시하는 거냐? 뭐 직접 가르친 건 아니지만 그래도 치우
천황무를 익히고 있다면 치우가 너에게는 사부일 텐데 말이
야."

현중은 차원자가 왜 저리 화를 내는지 도통 이해할 수가 없
었다.

물론 치우를 찾아가려고 했다. 하지만 최소한 사이언톨로
지 녀석들의 동태는 살펴볼 수 있는 정보망을 갖춘 다음 가려
고 했던 것이다.

치우가 있는 공간으로 들어가면 테른을 데려가지 않는 한
모든 정보가 완전히 차단되어 버리니 현중으로서는 그래도
냉정하게 계획적으로 생각해서 움직이고 있는 중이었기 때문

이다.

"물론 찾아가려고 했습니다. 하지만 아직 할 일이 남아 있습니다."

현중의 당당한 대답에 차원자는,

"킁! 아주 지랄을 해라."

콧방귀를 뀌면서 들은 척도 안 했다.

상황이 이렇게 되니 현중도 슬슬 열이 받기 시작했다.

상대는 치우천왕을 돕고 있는 차원자다. 물론 신의 반열에 오른 존재다. 현재 현중이 어찌할 수 있는 능력이 있는 것도 아니지만 저렇게 무시한다면 아무리 같은 편이라도 열 받을 수밖에 없었다.

"현중, 넌 신이 쉬워 보이냐?"

아까부터 계속 신이 쉬워 보이느니 우습게 보이느니 하며 시비만 거는 통에 도대체 무슨 말을 하는 건지 핵심을 파악하지 못하고 있는 현중의 표정이 결국 차갑게 변했다.

"아무리 치우님을 돕고 있다지만 초면에 무조건 자기 말만 한다면 저로서도 더 이상 할 말이 없습니다."

휙!

그대로 고개를 돌려 버린 현중은 다시 돌아가려고 했다.

그때,

"마왕을 처치하고 나니까 세상에 다 네놈 발아래 있는 것

같지?"

멈칫!

현중은 축지법으로 이동하려던 오른발을 떼려다가 멈췄다.

"네놈이 그렇게 처치한 마왕을 누가 조종했는지 잊어버렸나 보지?"

현중은 뒤도 돌아보지 않은 채,

"알고 있습니다, 누구인지."

"흥! 그렇게 잘 아는 놈이 지금 여기서 미적거리고 있어? 도통 네놈의 자만심이 어디까지인지 알고 싶은데 말이야."

차원자가 카일라제 이야기를 꺼내자 현중은 결국 돌아가는 것을 포기하고 몸을 돌려 차원자를 바라봤다.

"도대체 무슨 말을 하고 싶은 겁니까?"

목마른 자가 우물 판다고, 결국 답답한 현중이 차원자에게 물어보았다.

"이해 안 돼? 허어, 이놈 참, 책만 보고 독학으로 치우천황무를 익혔다고 들어서 제법 똑똑한 줄 알았더니… 쩝."

차원자는 여전히 자기 말만 해댔다. 못 알아듣는 현중이 오히려 어이없다는 듯 안하무인적인 태도였다.

그러나 현중은 화를 내기보다 상대의 성격에 대해서 가만히 생각해 봤다.

현중에게 명백하게 시비를 걸고 있다. 하지만 적은 아니다.

그렇다면, 조금만 돌려 생각해 보면 시비가 아닐 수도 있다는 말이다.

"모르겠습니다."

여러 가지 생각을 해봤지만 결국 모르면 모른다고 확실하게 상대에게 말하는 게 가장 빠르면서도 확실하다. 그런 판단에 그냥 모른다고 말하자 차원자는 한숨을 쉬더니,

"에휴, 치우 말로는 제법 똑똑한 것이 그동안 길고 긴 싸움을 끝내줄 수 있는 녀석이라더니, 치우가 잘못 봤군."

빠직~!

살짝 현중의 이마에 힘줄이 솟아올랐다. 하지만 같은 편에게 화를 내봐야 소용없었다. 거기다 상대의 성격은 지금까지의 말투로 어느 정도 파악이 된 상태다.

성격이 급하고 다혈질이면서 직관적으로 앞뒤 모두 떼어버리고 자기 할 말만 해버리는, 어떻게 보면 단순한 성격이다. 하지만 그만큼 거짓이나 뒤에서 음흉한 흉계를 꾸밀 수 없는 성격이란 것이 현중이 내린 판단이었다.

뭐, 신을 상대로 싸워봐야 현재로써는 현중이 100% 손해이기도 했다.

"카일라제가 쉬워 보이든?"

"아닙니다."

카일라제가 얼마나 강한지는 현중도 잘 알고 있다. 현중이 대륙에 머물 때 있던 드래곤 레어에 강림할 때마다 덤벼들었으니 잘 알고 있었다.

"그런데 이렇게 느긋하게 돌아다녀? 그것도 카일라제의 뒤를 봐주는 녀석이 버젓이 이곳 지구를 돌아다니고 있는데?"

차원자의 말에 순간 현중은 아차 하는 생각이 들었다.

현중을 지구로 데려온 차원자는 카일라제의 협력자라고 스스로 판단을 내려놓고 전혀 생각지도 않고 있었던 것이다. 물론 차원자가 지구에 계속 머물고 있을 것이라 생각하지 못한 것도 어느 정도 영향이 있었다.

차원자는 차원을 돌아다니면서 정보를 공유하고 그것을 발판으로 우주의 질서를 유지하는 역할을 하는 신이었다. 그렇기에 지구에 계속 머물러 있지 않을 것이라고 현중은 스스로 판단하고는 아예 머릿속에서 잠시 잊어버리고 있었던 것이다.

"그리고 네놈이 착각하고 있는 게 하나 있는데……."

차원자가 갑자기 사라졌다.

"치우천황무 말이야."

"……!"

갑자기 목소리가 옆에서 들려왔다. 현중은 흠칫 놀라 고개를 돌리자 차원자가 그곳에 있었다. 그는 편안하게 현중의 어깨에 손을 올린 채 말을 이었다.

"치우천황무가 강한 게 아니야."

"네? 그게 무슨……?"

뜻 모를 말을 또 하는데, 앞뒤 서론은 다 잘라 버리고 본론만 말하는 차원자 때문에 현중은 슬슬 머리가 아파올 지경이었다.

"쯧쯧쯧, 이렇게 머리가 아둔해서야 어디 신을 상대로 맞장 뜨겠다고 큰소리친다는 거냐? 넌 아직 멀었구나, 멀었어."

여전히 자기 말만 하는 차원자였다.

결국 현중은 대꾸하는 것을 관둬 버렸다. 이런 자기중심적인 성격은 대꾸를 계속하면 이야기가 산으로 가는 경우가 많다. 차라리 수긍만 해주어도 어느 정도 충분히 대화가 가능하기에 현중은 대꾸하는 것을 포기했다.

"말씀해 주십시오. 도대체 무슨 말입니까? 치우천황무가 강한 게 아니라니……."

치우천황무가 강한 게 아니라는 말이 현중은 이해가 가지 않았다. 내공기술인 사조성을 전혀 배우지 않고 형(形)의 기술인 북두만 가지고도 마왕을 상대로 거의 상처 하나 입지 않고 처리한 현중이다.

물론 치우천황무 외에, 드래곤 로드인 발리스터와 현중이 머리를 굴려서 만들어낸 비장의 필살기가 있기에 상처 하나 없이 마왕을 상대한 것이 가능하긴 했다.

하지만 치우천황무가 있었기에 필살기도 만들어낸 것이고, 결국 치우천황무가 기틀이 되고 주 기술이기에 마왕을 처리한 것이다.

그런데 그런 치우천황무가 강한 게 아니라니?

"치우이기에 치우천황무로 카일라제를 묵사발을 만들 수 있었던 것이다. 치우천황무가 강해서 카일라제가 당한 게 아니라 바로 치우 본인이기에 치우천황무가 강한 것이다. 이제 이해가 가냐?"

"……!!"

차원자의 말이 무슨 말인지 처음에는 이해하지 못했다. 그러나 잠시 현중은 뭔가 머릿속에 번쩍거리면서 뒤통수를 강하게 때리는 충격을 받았다.

"신을 죽이는 무공은 없지만 신을 죽일 수 있는 존재는 있다는 말이군요."

"오호, 완전 바보는 아니군그래. 대충 알아들은 것 같네."

"……."

현중은 차원자의 말을 듣고서야 왜 저렇게 다짜고짜 시비를 걸면서 현중을 몰아붙였는지 이해가 되었다.

즉, 치우천황무가 강해서 카일라제가 치우천왕에게 얻어

맞은 게 아니라는 말이다. 바로 치우천왕이 강하기에 카일라제가 당했다는 말이다.

물론 치우천왕이 카일라제를 상대할 때 치우천황무를 사용했을 것이다. 하지만 과연 현중이 치우천황무의 형을 기본으로 하는 북두와 마나를 사용하는 사조성을 모두 배운다고 해서 치우천왕만큼 강해질까 하는 의문을 전혀 가져보지 않았던 것이다.

"멍청한 놈… 이렇게 옆에서 누가 말해줘야 알아듣다니. 아무튼 난 치우의 부탁을 들어줬으니 이만 갈까 하는데 말이야."

갑자기 능글맞게 웃으면서 현중의 앞으로 자리를 옮겨온 차원자는 한참 생각 중인 현중을 잠시 물끄러미 바라보다가,

휙!

느닷없이 아래쪽에서 어퍼컷과 비슷한 동작으로 현중의 턱을 향해 한 치의 망설임도 없이 휘둘렀다.

"……!"

휙!

한참 생각 중이던 현중은 갑자기 섬뜩한 느낌이 들어 본능적으로 고개를 뒤로 젖히면서 황급히 물러났다.

"뭐하는 짓입니까!!"

현중은 설마 같은 편으로 생각하던 차원자가 기습을 할 줄

은 몰랐기에 당황했다.

"어쭈? 감은 좋은 녀석이네?"

차원자는 현중이 자신의 공격을 본능적으로 피했다는 것을 알고는 입가에 미소를 짓더니 현중의 눈앞에서 사라져 버렸다.

"……!"

현중은 차원자가 사라지자 순식간에 온몸의 마나를 활성화시키면서 감각 영역과 마나 영역을 펼치는 것과 동시에 기감 영역까지 중첩시켰다.

"뒤!"

현중은 기감 영역에서 뭔가 뒤쪽이 흔들린다는 것을 느끼자마자 피했다.

쾅!!!

현중이 간발의 차이로 피한 그 자리에는 차원자의 주먹이 틀어박혀 있었다. 어깨까지 모래 속에 팔을 박아 넣은 차원자가 현중을 슬쩍 보았다.

"너 정말 감 좋은 녀석인데그래? 그럼 슬슬 본격적으로 해 볼까?"

간발의 차이이긴 하지만 현중이 자신의 공격을 두 번이나 피해냈다. 차원자는 흥미를 느끼고 헐렁한 자세를 버렸다. 주먹을 꽉 쥐고 다리를 벌려 자세를 잡았다.

차원자가 잡은 자세를 본 현중의 동공이 흔들렸다.

"치우… 천황무……."

그렇다. 차원자가 잡은 자세는 바로 치우천황무의 기본 자세였던 것이다. 거기다 한 치의 흔들림도 없는 것이 그냥 흉내 낸 것은 아니었다. 물론 존재감을 지웠을 때부터 예상은 했지만 설마가 사실이 된 것이다.

"어때? 이래도 치우한테 직접 배운 건데."

"……."

상대는 신이었다. 물론 신 그 자체만으로도 이미 현중에게는 엄청난 레벨 차이가 있는데 치우천왕에게 직접 배운 치우천황무까지 사용하고 있는 것이다.

"그럼 우선 간다!"

휙!

간다는 말과 함께 차원자는 사라져 버렸고, 현중은 그때부터 온몸의 신경을 긴장시키면서 우선 기다렸다.

상대는 치우천황무를 쓰고 있다. 물론 그게 조금 놀랍긴 하지만 현중에게는 오히려 좋은 기회였다. 혼자 책을 보면서 머리 싸매고 80년 동안 죽을 고생하면서 배운 치우천황무다. 장점과 단점을 완벽하게는 아닐지 몰라도 어느 정도 알고 있었다.

그리고 방금 차원자가 사라진 것은 무슨 공격을 하기 위함

인지도 어느 정도 예상할 수 있었다.

"이거나 먹어라!"

휘리리리릭!!

마치 공기가 찢어지면서 회오리치는 듯한 소리가 들리더니 허공에서 갑자기 주먹 하나가 튀어나와 현중의 가슴을 향해 날아들었다.

"용오름!"

현중은 당황하는 표정 하나 없이 온몸을 회전시키더니 회전력을 실은 그대로 허공에서 튀어나온 차원자의 주먹을 팽이처럼 쳐내 버렸다.

"진각!"

쿵!!

용오름으로 차원자의 주먹을 쳐내자마자 현중은 강하게 오른발을 땅에 내리찍으면서 주먹을 내질렀다.

"용권섬!"

펑!!

마치 공기를 찢어발기는 듯한 엄청난 소음이 현중의 주먹에서 시작되어 앞으로 쏟아졌다.

쇄아아아!!

현중이 내지른 권풍에 사막의 모래가 회오리치듯 하늘을 향해 날아올랐다. 그대로 모래 파도가 되어 모든 것을 집어삼키듯 앞으로 쏟아지고 나서야 모래바람은 사라졌다.

"퉤잇!!"

모래먼지 속에서 차원자가 모습을 드러냈다. 그는 입안에 들어간 모래를 내뱉으며 온몸을 흔들었다. 마치 모래 속에 들어갔다 나온 듯한 형상이었다.

"그건 뭐냐?"

현중이 방금 한 공격은 차원자도 치우에게 배운 적이 없는 기술이었다. 비록 그래서 당하긴 해지만 그는 태연하게 물어왔다.

"제가 변형한 겁니다."

"뭐? 그럼 방금 그게 치우천황무를 변형한 거란 말이야?"

"네."

치우천왕무를 변형했다는 현중의 말에 차원자는 갑자기 기분 좋아 보이는 미소를 지었다.

"그럼 방금 그 기술 말고도 많이 있겠군."

"기본 틀은 치우천황무이지만 실제로 사용하는 기술은 모두 제게 맞도록 변형한 겁니다."

"오호, 그렇단 말이지?"

현중을 바라보는 차원자의 시선이 달라졌다. 그는 원래 현중은 치우천왕무를 익혀 강해진 인간 정도로 생각하고 있었다.

치우천황무는 이미 그 자체만으로도 인간이 익힐 수 있는 최고의 경지에 올라 있는 무공이다. 오죽하면 현중이 수백 번 죽을 뻔했고, 그걸 드래곤 로드인 발리스터가 소생 주문과 맞먹는 마법으로 살려주기를 수백 번 했겠는가? 다 이유가 있는 것이다.

그만큼 치우천황무는 책으로 배울 수 있는 무공이 아니었다. 거기다 본래 사조성을 먼저 배우고 형인 북두를 배워야 하는 치우천황무의 순서를 현중은 반대로 익혀 버렸다.

카일라제가 사조성을 숨겨 버렸는지 없애 버렸는지 모르지만, 현중에게 있는 것은 치우천황무의 형인 북두뿐이기에 선택의 여지가 없었다.

즉, 현중은 무공을 배우는 순서를 처음부터 잘못 배운 것이다.

그러다 보니 당연히 내공이 뒷받침되어야 실현 가능한 기술이 대부분인 북두의 기술을 사용하는 현중은 치우천황무의 기술 하나하나에 목숨을 걸고 배울 수밖에 없었다.

물론 대륙 최고의 의사 겸 마법사인 드래곤 로드가 있으니 가능하긴 했다.

하지만 치우천황무는 여자인 치우천왕이 만든 것이다. 당연히 남자인 현중에게 잘 맞을 리가 없었다.

특히나 마나를 사용해야 하는 기술에서는 현중도 막힐 수밖에 없었다.

　물론 억지로 해보긴 했지만 저승 문턱까지 갔다 오는 경험을 하고 나서야 무식하게 해서는 안 된다는 교훈을 얻을 수 있었다.

　하지만 그렇다고 포기할 수도 없었다. 그때 현중에게는 카일라제가 주고 간 치우천황무 책 한 권이 전부였으니 말이다. 그래서 생각한 것이 바로 변형이었다.

　애초에 배우기 힘들고 어렵다면 차라리 배우기 쉽고 위험이 적은 기술로 바꿔 버리자는 것이다.

　하지만 무술의 무(武) 자도 모르던 현중이 변형하는 게 쉬울 리가 없었다.

　아니, 무공을 어느 정도 알고 있는 사람이라면 변형이 얼마나 위험한 짓인지 잘 알기에 결코 하지 않았을 행동이다.

　하지만 현중은 모르기 때문에 시도했다.

　당연히 그 결과, 수백 번의 저승 문턱을 왔다 갔다 하면서 하나씩 익힐 수 있었다.

　즉, 무공을 전혀 모르기에 현중은 치우천황무를 자기에 맞게 변형하는 과정을 거친 셈이다.

　하지만 차원자가 듣기에는 현중이 엄청난 재능을 가지고 있는 녀석으로 보였다.

　이미 그 틀이 완전히 잡혀 있는 무공을 자기에 맞게 바꿔서 익히다니? 이게 가능한 일이던가? 웬만한 무공 지식을 가지고 있지 않고서는 어림도 없는 일이었다.

물론 현중이 몰라서 변형한 사정을 차원자가 알 리가 없었다.

이렇게 현중은 원치 않게 차원자에게 무공의 천재라는 인식을 심어주게 되었다.

"에휴."

현중은 차원자가 떠나간 사막에 홀로 한숨을 내쉬면서 서 있었다.

타는 듯한 뜨거운 태양도, 사람의 피부를 바싹 마르게 만드는 모래바람도 현중에게는 이미 아무런 영향이 없었으니 사막에 홀로 서 있는 현중을 누가 봤다면 미쳤다고 했을 것이다.

"결국… 내가 자만했단 건가."

현중은 차원자의 말을 되새기면서 한숨과 함께 자신이 그동안 허울 좋은 자만심에 빠져 살았다는 것을 느끼게 되었다.

치우천황무가 강해서 카일라제가 당한 게 아니었다.

치우천왕이 강하기 때문에 치우천황무가 강하다는 차원자의 말이 현중의 가슴을 후벼 파듯 가슴에 파고들었다.

어렴풋이 현중도 느끼고는 있었다. 카일라제가 그렇게 치우천왕에게 당했는데 똑같은 지구에서 데려온 현중에게 치우천황무를 다시 익히도록 무공서를 준 것부터가 말이 안 되는 것이다.

모든 상황을 종합해 봤을 때 현중은 가장 중요하면서도 가장 기본적인 것을 전혀 생각하지 못하고 있었던 것이다.

마왕을 물리쳤고 대륙에서도 영웅이라고 칭송하며 그 누구도 현중의 비위를 거스르지 못하는 위치에 있었다. 거기다 지구로 돌아와서는 오히려 대륙에서보다 더욱더 현중의 무력은 돋보였다.

대륙에서는 그나마 마스터의 존재가 그리 귀하진 않았다. 하지만 지구에서는 마스터가 손에 꼽을 정도로 숫자가 현저히 적었고 무력보다는 오로지 경제력이 강함을 나타내는 기준이었다.

그 탓에 당연히 무공을 연마하거나 자신의 모든 것을 걸고 무술에 올인하는 사람이 적을 수밖에 없었다.

무술가도 먹고살아야 하니 어쩔 수가 없었다. 이런 상황에 그래도 마스터가 존재한다는 것이 오히려 신기했다.

"그… 카일라제가 치우천황무를 반쪽이지만 나에게 줄 때부터 뭔가 이상하다는 것을 알아야 했는데… 나도 참 바보구나, 바보야."

애꿎은 모래만 발길질로 툭툭 차면서 화풀이하고 있지만

무엇보다 현중을 화나게 하는 것은 차원자의 꾸중을 듣고서야 자신이 깨달았다는 것이다.

현중은 분명히 강했다. 인간 중에서는 아마 가장 강할 것이다.

지구와 차원 너머 대륙을 통틀어 현중만큼 강한 인간은 없다. 그건 이미 스스로도 알고 있었다.

하지만 그것이 오히려 현중 자신도 모르게 자만심에 빠져들게 만들었던 것이다.

아무리 강해봐야 인간이다. 하지만 현중이 싸워야 할 상대는 바로 신이었다. 차원을 넘어 세력을 넓히려고 하는 신이었다.

당연히 지금처럼 느긋하게 대비한다는 것 자체가 치우천왕과 치우천왕을 돕는 차원자가 봤을 때 자만을 넘어 오만해 보일 수밖에 없었다.

신들의 일에는 신이 개입할 수 없다고 했다. 아무리 카일라제 편에 있는 차원자이지만 차원자도 신의 반열에 오른 존재이니 거짓을 말하진 않았을 것이다.

그럼 좋든 싫든 카일라제가 지구로 넘어오는 것을 막을 수 있는 건 오직 현중 자신뿐이었다.

그런데 그런 현중이 세월아 내월아 느긋하게 사이언톨로지나 뒤쫓고 있으니 오죽했으랴.

“찾아가자.”

쓴 소리를 듣긴 했지만 확실하게 뭔가 일깨워 주는 말이었기에 현중은 곧바로 지금까지 자신이 세웠던 계획을 모조리 지워 버렸다.

“결국… 카일라제만 처리한다면 사이언톨로지든 뭐든 다 상관없는 거잖아.”

가장 간단하면서도 확실한 대비책에 온 신경을 쏟아 붓기로 한 것이다.

결국 사이언톨로지고 뭐고 다 필요 없었다. 카일라제만 확실히 처리할 능력만 가지고 있다면 무엇이 두렵겠는가. 오히려 대륙으로 넘어갈 수만 있다면 지구와 상관없이 대륙에서 카일라제와 맞장 뜰 수도 있었다.

뭔가 본질적인 핵심을 목표로 바꾸자 순식간에 복잡하던 것이 단순화되면서 머릿속이 맑아졌다.

“하하하, 역시 난 아직 멀었군. 멀었어.”

직선적이고 다혈질인 차원자지만 역시 신은 신이었다. 무엇이 핵심이고 무엇이 중요한지 단번에 현중에게 알려줬으니 말이다.

“돌아가자. 메로우를 데리고 치우님께.”

현중이 마음을 다잡고 사막을 벗어나 영국으로 가기 위해 방향을 가늠했다.

그런데 그때,
"모습을 드러내라."
현중은 뒤쪽에서 느껴지는 기척에 조용히 말했다.

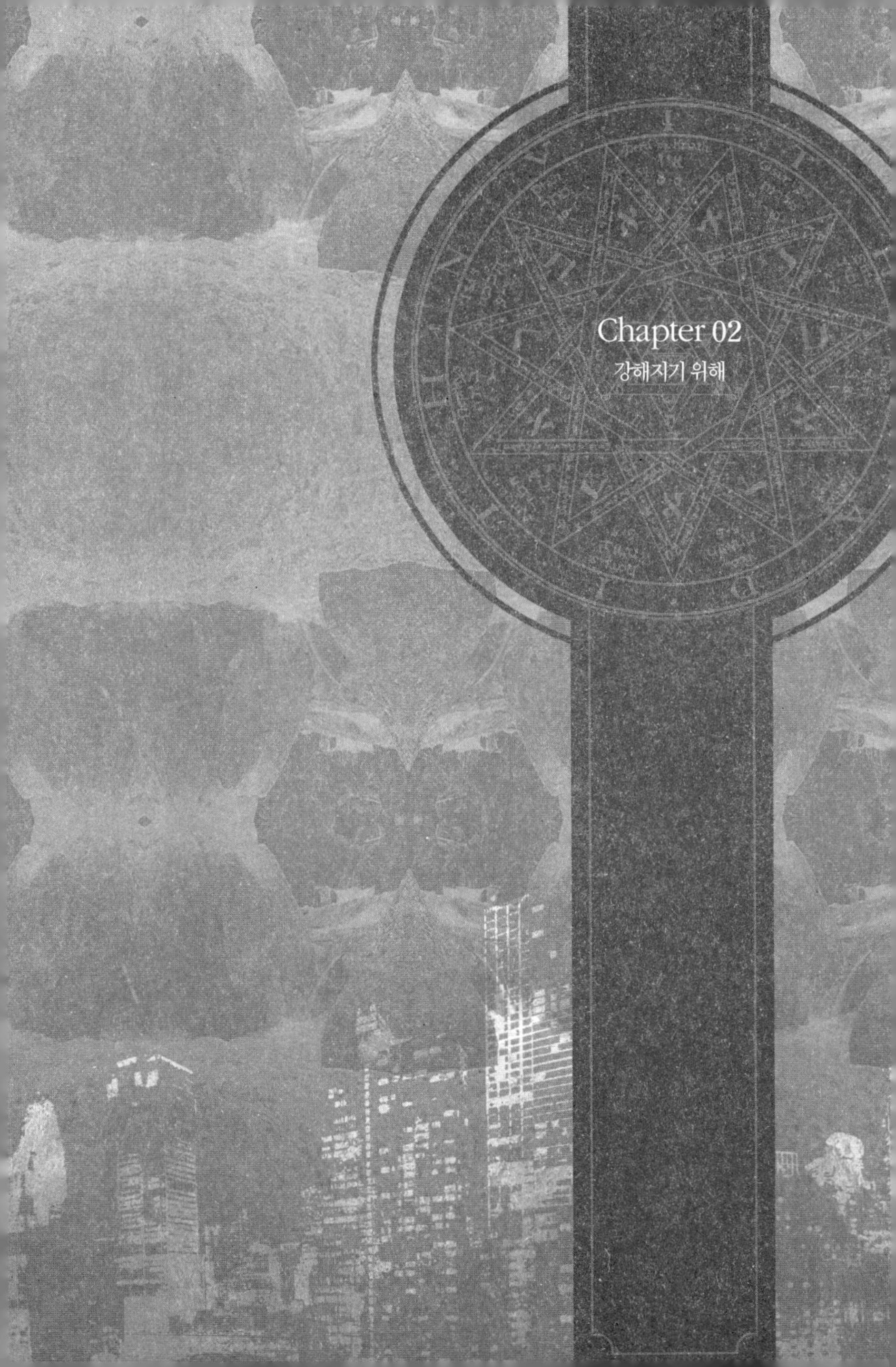

Chapter 02
강해지기 위해

"대단하십니다."

가냘픈 여성의 목소리가 들리면서 모래 속에서 검은 천으로 눈만 빼고 온몸을 감싼 여자가 모습을 드러냈다.

분명히 차원자와 함께 있을 때는 전혀 감을 잡을 수 없는 기척이었기에 현중은 아마 방금 나타났을 것으로 생각했다.

하지만,

"설마 신의 반열에 오른 분과 알고 계실 줄은 몰랐습니다."

"……!"

여자는 현중이 차원자와 같이 있는 것을 모두 지켜본 것처럼 천진하게 말했다.

현중의 신형이 모래 위에서 사라졌다.

덥석!

다시 모습을 드러냈을 때, 그는 여성의 목을 붙잡고 들어 올린 채였다.

아무리 무술의 달인이라도 현중의 손에 목이 잡히면, 설사 마족이라도 발버둥치고 놀라 당황하는 게 대부분이다.

그런데 이 여자는 오히려 웃으면서,

"저를 죽이시렵니까?"

전혀 당황한 기색도 없이 똑바로 현중을 바라보면서 말하는 것이다.

"누구냐?"

"신탁을 받아 왔습니다."

"신탁?"

흔들림없는 눈동자로 현중을 똑바로 보면서 말하는 모습에 천심통을 발휘했다. 지금 그녀의 말은 거짓이 아니었다. 거기다 목을 잡아본 결과 그녀는 단전은커녕 마나조차 일반인과 비슷한 수준이었다.

한마디로 무공이나 마나를 다루는 기술은 전혀 배운 적이 없다는 뜻이다.

그래도 혹시나 몰라 현중은 자신의 마나를 그녀의 몸에 흘려보내 만약에 대비했다. 현중의 마나는 천기(天氣)의 성질을 가지고 있기에 상대 마나를 제어하는 능력도 있었기 때문이다.

털썩!

현중은 여자를 내팽개치듯 모래 위로 내던지고는 차갑게 내려다보면서,

"카일라제가 보내서 왔군."

여자는 현중의 말에 고개를 끄덕였다. 그리고 다시 일어서더니,

"신탁의 내용을 전하라는 그분의 말씀이 있었습니다."

"허~ 카일라제가 나에게 말을 전하라고? 크크크크큭, 웃기는군."

카일라제도 현중이 자신을 싫어하는 것을 잘 알고 있었다. 대륙에 있을 때 현신할 때마다 달려들어 주먹질을 하는 현중의 모습을 보면 누구라도 지독히도 싫어한다고 생각할 것이다.

그런데 그런 현중에게 신탁을 빌려 말을 전한다니 기가 막혔다.

"전 그저 그분의 말씀을 전하는 역할을 할 뿐. 그럼 말하겠습니다."

여자는 갑자기 눈동자가 멍하니 초점이 흐려지더니,

촤아악!! 촤라락!!

그녀의 온몸을 감싸고 있던 검은 천이 산산이 찢어지면서 사방으로 날아가 버리고 한순간에 미끈한 나체를 현중의 눈앞에 드러냈다.

하지만 현중은 그녀의 나체는 전혀 관심도 없었다. 오로지 갑작스럽게 그녀의 몸에서 느껴지는 신성력의 파동에 온 신경이 집중되었다.

"현신이군. 쳇, 벌써 이곳의 인간의 몸을 빌려 현신이 가능하단 건가?"

일반인의 몸에서 갑자기 마나의 태풍이라고 느껴질 만큼 엄청난 마나가 뿜어져 나온다면 오직 한 가지 이유뿐이다.

현신강림(現身降臨).

신이 인간의 육체를 빌려 자신의 모습을 드러낼 때 나타나는 현상이다.

이미 대륙에서 수십 번 본 장면이기에 별다른 감흥은 없었다. 그러나 카일라제가 지구에도 현신 가능하다는 것을 직접 보게 되자 얼마나 안일하게 대비했는지 새삼 깨닫게 되었다.

[오랜만이구나.]

조금 전과 완전히 다른 목소리가 여자의 입에서 울려 퍼졌다.

마치 공기의 파도가 울려서 들리는 듯 현중의 귀가 아닌 온

몸을 통해 목소리가 들린 것이다.

"카일라제……."

현중이 날카로운 눈빛으로 무섭게 살기를 뿜으며 노려보았다.

그러자 멍한 표정은 사라지고, 여자의 눈빛이 고혹적이며 섹시하게 변했다. 현중을 내려다보는 그 모습은 좀 전까지의 여성이 아닌 바로 카일라제였다.

[지구의 생활이 어떠냐?]

"시끄럽다!!"

현중이 매몰차게 반응하자,

[호호호호호! 여전하구나, 그 성질머리는.]

"흥! 그보다 이미 지구에 현신강림을 할 만큼 세력을 넓혔나 보군."

현신강림은 신의 정신이 인간의 육체를 빌리는 것이라 지금 카일라제를 공격해 봐야 애꿎은 여자 하나 죽이는 것밖에 되지 않았다. 한마디로 마법으로 이미지 영상을 보는 것과 비슷하다고 할 수 있었다.

이러니 보는 즉시 달려들어 한 대 쳐 올리고 싶지만 분해도 참고 있는 것이다.

[뭐, 내가 준비한 기간이 있으니까. 그보다 그 주먹 좀 풀지 그래? 난 그저 대화를 하려고 한 건데 말이야. 너무 살벌하게

분위기가 바뀌어가고 있거든.]

"웃기고 있네. 멀쩡한 지구에 눈독 들인 도둑년 주제에 말이 많구만."

현중의 입에서 거친 말이 튀어나왔다. 그동안의 현중의 이미지와 완전 다른 말투였다.

하지만 카일라제는 오히려 그런 현중의 모습이 익숙한 듯,

[그래, 그거야. 호호호! 너의 그 반항적인 모습이 그리웠어. 첫 번째로 불러들였던 치우는 너무 말이 없었거든.]

"흥! 치우님께 비 오는 날 먼지 나게 얻어맞아 놓고는 잘난 척하기는."

현중이 저 잘난 척하는 카일라제의 일그러지는 얼굴이 보고 싶어서 내던지듯 한마디 하자,

퍼엉!!

갑자기 공기가 찢어지듯 폭발하면서 사방으로 모래가 날아갔다. 마치 커다란 폭탄이 터져서 모래 구덩이가 생긴 듯한 모습을 남겼다.

하지만 현중은 오히려 팔짱까지 끼고서 카일라제를 바라보고 입가에 미소를 짓고 있었다.

[너… 너… 그년을 만났구나. 그래, 만났어.]

카일라제는 현중이 치우천왕을 만나지 않고서야 자신이 치우천왕에게 신나게 두들겨 맞았다는 것을 알 리가 없다고

생각했다.

현중도 웃으면서 고개를 끄덕였다.

"카일라제, 네가 나에게 치우천황무의 반쪽만 준 것도 모두 겁나기 때문이겠지? 안 그래? 내가 치우천황무를 완벽하게 익히게 되면 치우님처럼 너를 또다시 신나게 두들겨 팰 것이 뻔하니까 말이야. 안 그래?"

현중의 비아냥거림에 카일라제는 얼굴이 무섭도록 일그러지면서,

[뚫린 입이라고 못하는 말이 없구나! 겨우 인간 주제에!! 감히!! 인간 주제에!!]

"웃기고 있네. 그 인간에게 얻어맞은 주제에 말은 많아요."

[네놈이!! 감히!! 나를!! 능멸해!!]

분노가 극에 달한 듯 온몸이 붉어진 카일라제는 금방이라도 하늘에서 천벌을 내릴 듯 흥분해 있었다. 하지만 그게 끝이었다.

이곳은 원래 카일라제가 다스리는 대륙이 아니었다. 완전히 다른 차원의 지구인 것이다.

아무리 주신이라는 위치에 있지만 그건 대륙에서나 통하는 것이고 지구에서는 그저 흔한 잡신과 다를 바가 없었다. 현중도 그걸 알기에 지금 카일라제를 일부러 자극하고 있는

것이다.

과연 현신강림까지 가능한 카일라제가 얼마나 지구에서 자신의 능력을 발휘할 수 있는지 알아보기 위해서였다.

적을 알고 나를 알면 백전백승이라고 하지 않던가? 카일라제가 스스로 모습을 드러낸 지금이 두 번 다시 없을 기회인 것이다.

겉으로 보기에는 그저 카일라제가 싫어서 비아냥거리고 유치하게 말싸움 하는 걸로 보이지만 현중의 머릿속은 이미 행동과 반대로 한없이 차가워져 있었다.

[네놈… 때를 기다려라. 그때가 오면… 지구의 모든 것이 내 발아래 굴복할 것이다.]

억지로 분을 삼키는 듯 말하는 카일라제의 모습에 현중은 확실히 하나는 알았다. 신탁이라는 명목으로 인간의 마음을 가지고 놀 수 있는 정도의 능력은 있지만 아직 그 이상은 없다는 것을 말이다.

"아니면 내 손에 뒈지게 얻어맞고 대륙에서 조용히 찌그러져 살든가."

주먹을 올려 보이면서 정말 얄밉게 웃자 카일라제는 결국 자기 분을 못 이기고 사라져 버렸다.

휘리릭!

털썩.

카일라제가 갑자기 사라지자 카일라제의 현신강림으로 살짝 허공에 떠 있던 여자의 몸이 그대로 모래 바닥에 쓰러져 버렸다.

그런데 쓰러진 여자의 몸에서 살아 있는 생명이라면 꼭 있어야 하는 최소한의 마나조차 느껴지지 않았다.

스르륵.

현중이 모래를 지나 쓰러진 여자의 곁으로 가자 이미 숨이 끊어진 시체다.

"역시나 제물이었나."

결국 아까의 마나 폭발은 바로 이 여자의 몸에서 마나를 뽑아 일으킨 것이었다. 그리고 어차피 카일라제는 그저 빌려 쓰는 몸이니 남김없이 여자의 몸에서 마나를 뽑아 써버렸고, 현신강림이 끊어지자 죽은 껍데기로 변해 버린 것이다.

하지만 죽은 여자의 얼굴은 너무나 평온해 보였다. 거기다 입가에 살짝 미소까지 짓고 있는 모습을 본 현중은,

"제길!! 빌어먹을 카일라제!!"

신이라는 위치에 있으면서 자신의 생각과 계획이라는 명목하에 마족을 움직이고 대륙을 피로 물들게 했던 녀석이다. 그런 녀석이 지구를 노리고 있고, 당당하게 현중에게 모습을 드러내기까지 했다.

하지만 현재 현중은 그 무엇도 할 수 없었다. 아니, 할 수

있는 게 없었다.

지금 눈앞에 카일라제에게 이용당하고 죽어버린 여자를 보면서 확실하게 깨달았다. 자신이 상대해야 할 녀석이 누구인지를 말이다.

"테른."

현중이 나직하게 테른을 부르자,

―마스터, 부르셨……?

테른은 평소처럼 현중의 그림자에서 모습을 드러냈다.

그런데 평소와는 전혀 다른 기운이 느껴지자 말도 맺지 못하고 주변을 두리번거렸다.

―마스터, 이건…….

"그래, 신성력이다."

역시나 마족답게 아주 잠깐이었지만 현신강림을 한 뒤에 남아 있는 신성력을 귀신같이 알아낸 것이다.

―설마… 마스터…….

지구에는 신이 없다고 들었다.

그런데 지금 테른이 느끼는 이 신성력은 진짜였다. 그럼 결론은 하나밖에 없다.

"그래, 방금 카일라제를 만났다. 아니, 그냥 허상을 만났다고 해야겠지."

테른은 현중의 말에 화들짝 놀랐다.

자신들의 예상으로는 카일라제가 지구에 나타나려면 좀 더 많은 추앙자가 필요하다고 판단했기 때문이다.

그런데 현중은 카일라제를 만났다고 한다.

그게 허상이든 아니든 상관없었다. 이곳에 잔류해 있는 신성력을 보면 확실하게 알 수 있으니 말이다.

"테른."

―네, 마스터.

"저 여자의 신상을 알아내라."

현중이 가리킨 것은 방금 죽은 듯 아직 몸에 온기가 남아 시체였다. 물론 실오라기 하나 걸치지 않은 나체지만 테른이나 현중이나 지금 이 여자의 몸에 신경 쓸 정신이 없었기에 가볍게 무시했다.

―제물이군요.

테른이 단번에 죽은 여자의 용도를 알아채고 말하자,

"우리가 너무 안일하게 생각한 것 같다."

뭔가 갑자기 빠르게 돌아가는 느낌이기도 했지만 오히려 그동안 막혀 있던 것이 어떤 작은 계기로 인해 둑이 터져서 쏟아지는 물을 만난 것 같은 느낌이었다.

현중은 자신이 치우천왕과 만난 것이 왠지 그 계기가 아니었을까 생각하는 중이다.

마치 누군가가 짜놓은 각본에 따라 움직이는 듯 말이다.

"지금부터 난 치우님께 간다."

—그 말씀은… 본격적으로 시작하시는 겁니까?

"그래. 그리고 내 생각이 짧았다. 사이언톨로지든 뭐든 내가 카일라제를 상대할 수 있는 능력을 키우는 게 우선이었어."

—마스터, 알겠습니다.

테른은 현중의 눈동자를 보고 뭔가 심경에 변화가 일어나는 일이 있었을 것으로 예상하고는 조용히 따르기로 했다.

"넌 남아서 계속 사이언톨로지의 행방을 추적해라."

—알겠습니다. 그럼 얼마나 시간이 걸리겠습니까?

처음에 현중이 치우천황무를 배우는 데 80년이 걸렸다고 했다.

물론 완전 맨땅에 헤딩하는 식으로 무식하게 배웠으니 그만큼 오래 걸린 것이다.

현중의 부재가 길면 길수록 현재 테른에게는 불리한 상황이 된다. 적은 많고 해야 할 일도 많은데 주인이 없다면 테른이 혼자 꾸려나가야 하는 것이다.

아무리 테른이 천재이고 똑똑하다고 해도 뒤에서 누군가 든든하게 있는 것과 없는 것의 차이는 분명하게 있다.

현중도 그런 테른의 마음을 알고 있었다.

대륙에서 처음 만나서 지금까지 단 하루 이상 떨어져 본 적이 없다.

영혼의 계약으로 인해 강제적으로 현중의 그림자가 테른의 보금자리가 되었기에 어쩔 수 없는 것도 있지만 그동안 현중과 테른은 동료 그 이상의 무언가 끈끈한 정으로 맺어져 있었다.

"그건……."

현중은 테른의 물음에 뭔가 생각하는 듯하더니,

씨익~

웃으면서 한마디 했다.

"나도 몰라."

―…….

"내가 재능이 있다면 빠르게 배울 수 있을 것이고 재능이 없다면… 뭐 개고생하고 카일라제가 지구에 강림하는 그날까지 죽어라 배우기만 할 수도 있겠지."

―…마스터, 그건 좀…….

가끔 이렇게 무책임하다 싶을 정도로 간단하게 말하는 현중의 모습에 테른이 김빠진다는 듯 말했다.

"신을 때려잡는 능력을 배우려고 하는 거다. 쉽게 생각한 적 한 번도 없어."

방금 전의 가볍게 웃는 듯한 표정과 달리 현중의 목소리에는 힘이 실려 있었다.

　그만큼 지금 현중은 지금까지와 무언가 달라져 있는 것이다.

　영문을 모르고 그저 현중을 믿고 짐작만 하는 테른과 달리 현중의 머릿속에는 계속 조금 전 차원자가 했던 한마디가 계속 떠나질 않고 있었다.

　치우천황무가 강한 게 아니다. 치우천왕이 사용했기에 치우천황무가 강한 것이다.

　그 말이 마치 각인된 듯 현중의 머릿속을 계속 맴돌고 있는 것이다.

　현중은 지금까지 단 한 번도 치우천왕무가 약하다는 생각을 하지 않았다. 그게 마치 자신도 모르게 하나의 굳은 틀로 마음속에 자리 잡고 있었다.

　그런데 그 굳은 틀 자체가 흔들리는 말을 들었으니 멘탈이 불안정해질 수밖에 없었다.

　치우천왕은 치우천황무를 만든 본인이다. 그 누구의 도움도 없이 혼자의 힘만으로 신을 때려잡는 무공을 만들어냈다.

　이건 천재를 넘어서 하늘이 내린 재능을 가지고 있다는 말이다. 어쩌면 치우천왕은 애초에 신이 될 운명을 가지고 태어났는지도 모른다.

하지만 현중은? 평범했다. 그저 평범하게 살다가, 평범하게 군대를 제대하고, 재수 없게 카일라제의 눈에 들어 차원 너머 대륙으로 가서 강제로 치우천왕무를 익힌 것이다.

즉, 현중과 치우천왕은 시작부터가 완전히 달랐다.

"우물 안 개구리라……. 딱 내가 그 꼴이네."

정말 이 말이 딱 들어맞는다.

"뒤를 부탁한다, 테른."

―네, 마스터.

그렇게 현중은 사막에서 사라져 버렸다.

현중이 사라지고 나서 테른은 카일라제의 제물로 시체가 되어버린 여자를 안아 들었다.

―생각보다 빨라. 너무.

테른은 카일라제가 현신강림이라는 것을 빌려서 지구에 모습을 드러내는 것은 빨라도 5년 뒤로 예상했다.

신이란 그 능력은 출중하고 천지를 뒤집을 만큼 강하지만 그건 오직 자신에게 부여받은 곳에서만 가능하다.

즉, 대륙에서는 카일라제가 무소불위의 능력을 발휘하지만 지구에서는 길 가는 돌멩이보다 못한 존재가 될 수도 있다는 말이다.

그리고 무엇보다 신이란 믿는 사람이 있어야만 그 믿음을 기본으로 해서 여러 가지를 할 수 있는 존재였다.

대륙에서 카일라제는 아기가 태어나면 가장 먼저 축복을 내리는 신이었다. 그리고 죽었을 때 마지막으로 축복을 내리는 신이기도 했다.

대륙에서 카일라제는 대륙의 모든 존재를 막론해 절대신의 위치에 있었다.

하지만 지구는? 카일라제의 존재를 확실하게 알고 있는 인간은 현중이 유일했다. 당연히 지구에 현신강림은 불가능하다는 테른의 판단이었다.

믿음이 강하면 강할수록 신의 힘은 강해지고, 믿음이 약하면 약할수록 신의 힘은 약해지는 약점이 있는 것이다.

—어떻게… 현신강림이 가능할 정도로 신도를 모은 거지?

현중이 명령하지 않아도 모두의 예상을 뒤집어서 너무나 빠르게 지구에 흔적을 드러낸 카일라제의 행동을 분석하는 일에 테른은 총력을 쏟아부을 생각이다.

물론 현중으로 변신해서 현중 대신 회장 일도 해야 하고, 그 외에도 할 일은 많지만 어쩌겠는가? 현중은 주인이고 테른은 부하인 것을.

*　　　*　　　*

[뭐해요?]

[어머?]

메로우가 커다란 어항을 보면서 콧노래를 흥얼거리다가 뒤에서 들리는 목소리에 살짝 놀라 뒤돌아보았다. 현중이 싱긋 웃으면서 인사했다.

[언제 왔어요?]

[방금요.]

천진하게 웃는 현중의 모습에 메로우가 의자에서 일어났다.

[언제나 소리없이 나타나는군요, 현중은.]

[어쩌다 보니 그러네요. 그보다 아르카임 스톤헨지로 가고 싶다고 연락했다면서요?]

현중이 화제를 살짝 돌리자 메로우는 고개를 끄덕이며 바로 넘어왔다.

[네. 제가 처음 눈을 뜬 곳이 바로 거기예요. 그래서 혹시나 거기로 다시 돌아간다면 뭔가 실마리가 있지 않을까 해서요.]

[……?]

현중은 메로우가 내륙에 있는 것으로 알고 있는 아르카임 스톤헨지에서 눈을 떴다는 말에 고개를 갸웃거렸다. 당연히 바다에서 나타났을 것으로 생각한 것이다. 웃기게도 메로우는 단 한 번도 바다에서 눈을 떴다고 한 적이 없는데 말이다.

인어 하면 바다, 바다 하면 인어라는 상식적인 고정관념 때문이기도 했다.

[왜요?]

[아니예요. 그냥 인어가 바다가 아닌 내륙에서 눈을 떴다고 하니……. 하하하, 그냥…….]

현중이 스스로도 겸연쩍은 듯 살짝 웃어버리자,

[전설은 전설일 뿐이에요. 인어도 원래는 땅에서 살았어요. 바다를 사랑하기에 바다에 있는 것을 좋아할 뿐이죠.]

[그런가요?]

현중은 전혀 뜻밖의 정보를 인어 본인에게서 들을 수 있었다.

[그보다 메로우, 나와 함께 아틀란티스가 잠들어 있는 곳으로 다시 가서 문을 열어주었으면 해요.]

[네? 그곳으로요? 마리아는 아직 본격적인 준비가 끝나지 않았다고 했는데요?]

메로우는 당연히 마리아와 함께 영국 해군을 이끌고 다시 갈 것으로 예상하고 있었다. 의외로 탐험선이 가져온 오리하르콘이 진품으로 인정을 받고 영국의 모든 귀족들을 설득하는 데 엄청난 위력을 발휘했다고 들었다.

[저와 메로우 단둘이 갈 거예요.]

[저랑… 단둘이요?]

메로우는 현중의 말에 갑자기 현중을 뚫어지게 쳐다보더

니 뒤로 몇 발자국 물러났다. 그리고 조용히 현중을 보면서,

[지금… 그거… 데이트 신청하는 거예요?]

[네?]

현중은 메로우의 입에서 뜻밖의 말이 나오자 살짝 당황했다가 곧 자신의 실수를 깨달았다.

[오해하지 말아요. 그곳에 제가 만나야 할 분이 있어서 가는 거예요.]

[그곳에요?]

메로우는 단둘이서 갑자기 어디론가 가자고 한다면 그게 데이트 신청으로 알고 있었다. 그동안 메로우는 TV, 드라마, 영화 같은 것을 통해서 현대의 여러 가지 정보를 배웠다. 그런데 그곳에서 거의 한결같이 남자가 갑자기 단둘이 어디론가 가자고 한다면 100% 데이트 신청이었던 것이다.

그렇기에 메로우는 현중이 자신에게 데이트 신청하는 줄 오해한 것이다.

[네. 꼭 만나야 할 분이 있어요. 그리고 메로우에게도 그리 손해는 아닐 거예요.]

뭔가 묘한 뉘앙스를 풍기는 현중의 말에 메로우는 잠시 현중을 바라보다가,

[좋아요. 현중은 믿을 수 있는 인간이니까요.]

[…….]

현중은 방금 메로우의 말에 뭔가 설명하지 못할 묘한 느낌을 받았다. 좋아해야 할지 싫어해야 할지 판단이 서지 않는 그런 느낌 말이다. 믿음을 받으니 당연히 좋은 거겠지만 이상하게 실망스러운 감정이 살짝 드는 건 무슨 이유일까?

[그런데 마리아에게 말하지 않아도 되나요?]

[그건 제가 말할게요. 걱정 말아요.]

메로우는 현중의 말에 고개를 끄덕였다. 마리아와 현중은 엄청 친한 사이로 알고 있으니 말이다.

거기다 메로우는 알고 있었다. 마리아가 현중을 좋아하고 있다는 것을 말이다.

[그럼 갈까요?]

현중이 손을 내밀자 메로우는 서슴없이 잡았다. 현중이 막 이동하려고 오른발을 떼는 순간,

"어머! 현중 씨?"

축지법을 사용하려는 순간 마리아가 들어오면서 현중과 눈이 딱 마주쳐 버렸다. 그것도 현중이 메로우의 손을 잡고 있는 모습 그대로 말이다.

"이런……."

현중은 조용히 사라지려고 했는데 마리아와 눈이 마주치자 떼었던 오른발을 제자리로 돌렸다.

"어디… 가나요?"

마리아는 현중과 메로우가 맞잡고 있는 손에 시선이 쏠려 있었다.

지금까지 현중이 저렇게 다정스럽게―마리아의 시선에는 그렇게 보였다―여자의 손을 잡고 있는 모습을 본 적이 없으니 말이다.

"네. 만나야 할 분이 있어서요."

"메로우도 같이요?"

마리아가 메로우를 가리키자 현중이 고개를 끄덕여 대답을 대신했다. 순간적으로 마리아는 현중의 목적지가 어디인지 알아차렸다.

여자의 직감, 아니면 MI―6를 지휘하는 마리아의 능력 때문인지 모르지만 말이다.

"아틀란티스로 가는 건가요?"

현중은 마리아가 단번에 현중의 목적지를 알아내자 조금은 놀랐다. 보통은 추리하기가 쉽지 않기 때문이다.

"음……."

현중은 뭔가 잠깐 생각하더니 마리아에게도 손을 내밀었다.

"마리아 씨."

"네?"

현중이 자기에게도 손을 내밀자 마리아는 영문을 몰라 하

는데,

"몇 달 영국을 떠나 있어도 크게 지장 없죠?"

"네? 그게 무슨……."

느닷없이 생뚱맞은 질문을 하는 현중의 말에 마리아가 당황하자 현중이 다시 손을 거두었다.

"뭐, 안 되면 어쩔 수 없죠."

마치 잡지 않아도 상관없다는 식으로 너무나 간단히 손을 거두자 마리아는 거의 본능적으로,

덥석!

현중의 손을 잡았다.

뭐랄까, 말로는 설명할 수 없는 이상한 느낌이랄까? 이번에 이 손을 놓치면 왠지 영원히 현중을 놓칠 것 같다는 느낌이 불현듯 마리아의 몸을 관통했던 것이다.

여자란 사랑에 관해서는 거의 초정밀 레이더와 같은 엄청난 촉을 발휘한다. 마리아도 결국은 여자였고, 사랑에 눈을 뜨기도 했다.

왠지 자신이 사랑하는 남자가 저 멀리 가버릴 것 같은 불안한 느낌이 드는데 그 어떤 여자가 손을 잡지 않겠는가.

"…이런."

마리아도 자신이 현중의 손을 잡고도 왜 잡았는지, 어째서 그런 행동을 했는지 이해가 가지 않았다.

당장 그녀가 사라진다면 지금 추진하고 있는 모든 일이 정지될 것은 불 보듯 뻔한 일이다.

분명 현중은 몇 개월 자리를 비워도 상관없냐고 물었으니 최소한 그만큼 떠나 있어야 하는 곳이라는 결론이 나오는데 그 손을 덥석 잡아버렸다.

머릿속이 복잡한 마리아와 달리 현중은 씨익 웃으면서,

"그럼 가볼까요?"

스르륵.

템플재단의 연구실에서 마리아와 현중, 그리고 메로우는 그렇게 사라져 버렸다.

Chapter 03
현중은 부재중

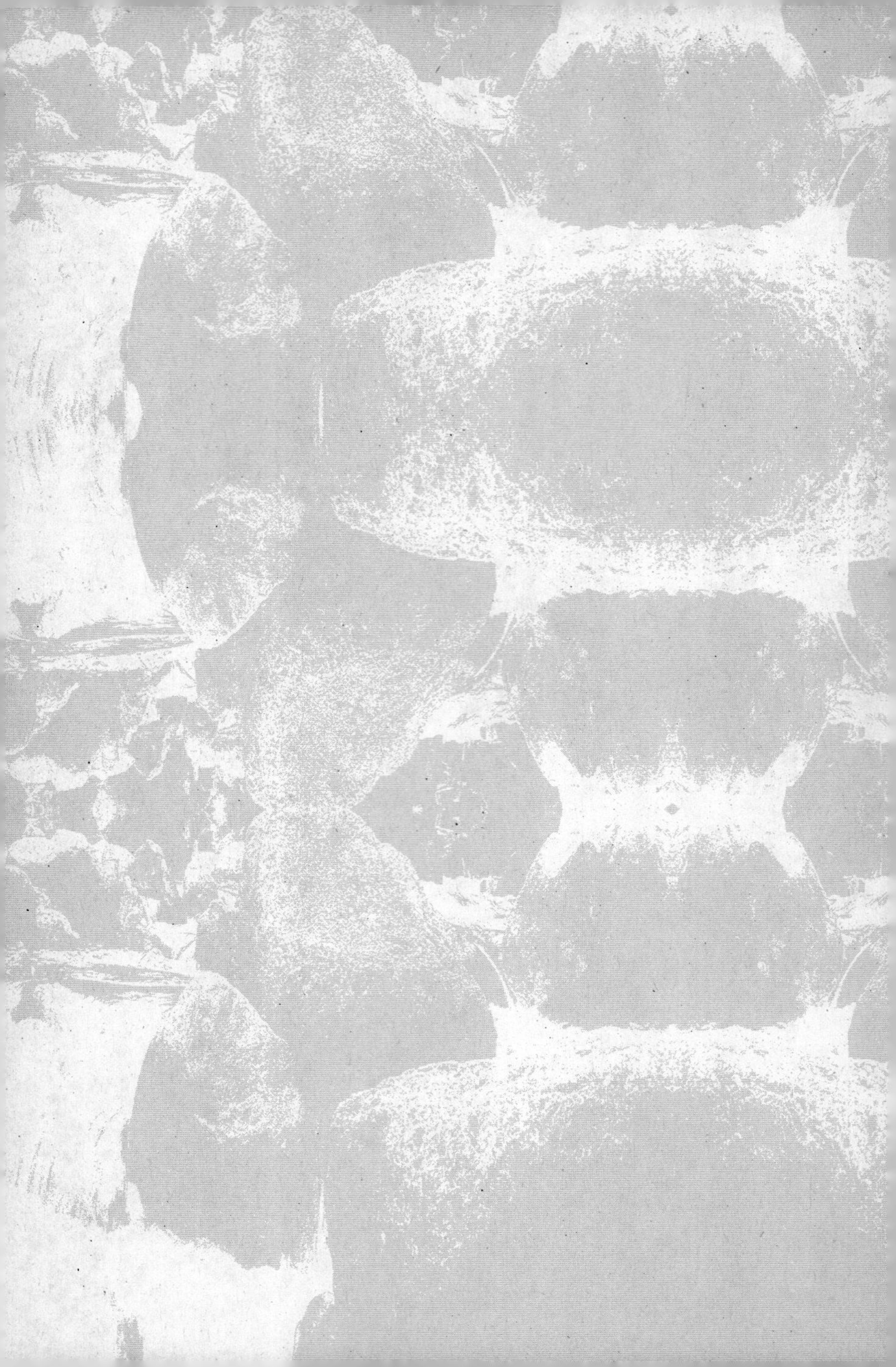

“여긴……?”

마리아는 현중의 품에 안긴 채 바다 위에 모습을 드러낸 것까지는 좋았다. 현중의 품에 안겨볼 기회가 몇 번이나 있겠는가?

그리고 메로우가 아틀란티스의 문을 여는 것도 대충 예상했다.

그런데 차원의 문이 열리고 현중의 품에 안겨 들어간 곳은 전에 왔을 때 바다만 보이던 곳이 아닌 것이다.

“음, 바꿨나 보군요.”

현중은 간단히 그렇게 말했다.

전에 왔을 때는 이 공간은 푸른 바다였다. 그런데 지금은 푸른 들판에 나무와 언덕이 보이는 곳으로 완전히 바뀌어 있었다. 마리아는 현중의 품에서 내려올 생각도 못하고 멍하니 있다가 흠칫 현중을 보았다.

"어떻게 된 거죠? 아틀란티스는요? 바다는요?"

현중은 오히려 별것 아니라는 듯 반응하고 있고 메로우도 들판을 보고 별다른 반응이 없었다. 마치 아틀란티스가 어떻게 되든 상관이 없다는 듯 말이다.

거의 멘탈 붕괴 수준으로 정신 없어하는 마리아는 그대로 현중의 품에서 뛰어내려 직접 손으로 만져 보고 발로 땅을 밟아보고 하며, 정말 이곳이 전에 왔을 때 끝없는 바다가 있던 곳이 맞는지 몇 번이고 확인했다.

하지만 땅이 맞았다.

"도대체… 이게 어떻게……. 아틀란티스는 어디로……."

전혀 생각지도 못했던 문제에 직면한 마리아는 그대로 주저앉아 버렸다. 설마 바다가 땅으로 바뀌었으리라고는 생각하지 못했으니 말이다.

물론 현중도 설마 통째로 바뀌었을 줄은 예상하지 못했다. 하지만 마리아처럼 멘탈 붕괴 수준까지 가지 않은 것은 현중에게 아틀란티스는 있어도 그만 없어도 그만이기 때문이다.

그때,

[생각보다 늦었구나.]

홀연히 치우천왕이 모습을 드러냈다. 그녀가 웃는 얼굴로 가볍게 나무라는 듯 한소리 했다.

"네, 늦었습니다."

현중은 공손히 치우천왕에게 고개 숙여 인사했다.

[이야기는 들었다. 그가 너를 찾아갔다고 하더구나.]

현중을 찾아왔던 남자, 차원자를 말하는 것이다. 현중은 오히려 웃으면서,

"오히려 제가 수고스럽게 했습니다."

[됐다. 네가 나를 찾아왔으면 그걸로 된 것이다. 그보다 너의 반려이냐?]

치우천왕이 땅에 주저앉아 멍하니 끝없는 벌판을 바라보고 있는 마리아를 보면서 말하자 현중은 피식 웃었다.

"반려는 아닙니다. 하지만… 신경이 쓰이는 사람이긴 합니다."

[오호~ 신경이 쓰이는 사람이라……. 나름 변화가 있긴 있나 보구나.]

치우천왕은 설마 현중이 이렇게 빨리 생각을 바꿀 줄은 몰랐기에 놀라는 척했다. 일부러 리액션을 조금 눈에 띄게 하자 현중은,

"저도 남자입니다."

[그래, 남자인 것은 알고 있다. 다만… 나에게 소개시켜 주려고 데려온 것은 아닌 것 같아 보인다만…….]

"지금보다 조금 더 높은 단계로 이끌어줄 수 있지 않을까 하는 생각에 데려왔습니다."

현중은 데이비드를 마스터로 만들어준 것이 마리아에게 스트레스가 될 줄은 전혀 생각지도 않고 있었다. 하지만 여왕이 아직 포기하지 않고 알게 모르게 은근히 마리아에게 압박을 넣고 있음을 알고 있었다.

고의이든 아니든 데이비드를 마스터로 만든 게 현중이니 약간의 책임도 있고 해서 마리아를 데려온 것이다.

물론 계획적이거나 마음먹고 데려온 것은 아니었다.

메로우와 같이 가려고 했는데 때마침 마리아가 들어왔고, 그런 마리아를 보고 즉흥적으로 데리고 온 것이다. 어차피 카일라제와 전쟁이 시작되면 마리아의 도움이 절대적으로 필요할 것이다.

즉, 동료가 한 명이라도 더 강하다면 당연히 현중에게는 좋은 일이었다.

물론 약간 신경이 쓰이는 것도 사실이다. 아무리 현중이 목석같다고 하지만 남자다. 현중이 여자를 멀리한 것은 자신의 남은 수명이 얼마나 될지 스스로도 모르고 있는 상황에 누군가를 사랑한다면 100% 사랑하는 사람이 먼저 죽을 것이기 때문이다.

드래곤인 발리스터는 유희를 즐긴다는 생각으로 살아가라고 말했지만 그건 드래곤이나 가능하지 아직 인간의 사고방식이 대부분인 현중에게는 무리였다. 인간에게 사랑이란 때론 바보로 만들기도 하지만, 때론 인생의 전부가 되기도 하는 것이다.

남자는 사랑하는 여자를 위해 모든 걸 포기할 수도 있다.

현중은 스스로 누군가를 사랑한다면 그건 자신에게나 여자에게나 불행한 일이라고 지금까지 생각한 것이다.

현중은 늙지 않는다. 죽지도 않는다. 하지만 만약에 마리아와 맺어진다고 한다면, 아무리 그녀가 마스터에 올라 노화가 늦어진다고 해도 수명이 길어봐야 200년이다.

즉, 무조건 현중보다 먼저 죽는다는 뜻이다.

그러다 보니 현중의 머릿속에는 여자란 그저 같은 사람 그 이상도 그 이하도 아니었다.

그걸 치우천왕이 살짝 비틀어준 것이다.

현중의 생각이 잘못되었고, 오히려 도망치는 것이라고 말이다.

새롭게 깨달은 현중이 시선을 돌려보니 마리아가 가장 가까이에 있었다. 그녀는 지구로 돌아온 현중의 곁에 그 누구보다 오래 같이 있었던 여자다. 그 이유가 아마 가장 클 것이다.

누구나 사랑의 시작은 평범한 법이다. 드라마처럼 로맨틱하고 짜릿하면서 뭔가 특별한 것이 있는 것이 아니다. 평범하게 곁에 있는 사람이 어느 순간 여자로 보이면 그게 바로 사랑의 시작인 것이다.

그처럼 현중의 눈에 마리아가 여자로 보이기 시작한 것이다.

[후후훗, 뭐, 나야 상관없다. 어차피 스스로 약간의 공부를 이룬 것 같으니.]

치우천왕은 단번에 마리아의 능력을 알아보고는 별것 아니라는 듯 말하더니,

[그럼 본격적으로 시작해야겠구나.]

"네. 하지만 그전에……."

현중은 꼭 물어보고 싶은 말이 있었다.

[왜 그러느냐?]

"한 가지만 물어봐도 되겠습니까?"

[뭐가 그리 어려운 것이냐. 지금부터 난 너의 스승이다. 스승에게 제자가 묻는 것은 당연한 것이 아니더냐?]

너그러이 웃으면서 현중에게 오히려 마음껏 물어보라고 말하자 현중은,

"제가 치우천황무를 완성하면 카일라제를 상대로 승산이

있습니까?'

정말 물어보고 싶었다.

치우천왕이라면 그 누구보다 확실하게 말해줄 수 있고 현중도 그 말을 납득할 수 있을 것 같았기 때문이다.

솔직히 보통 인간의 스승과 제자 사이에는 이런 질문 자체가 말도 안 된다.

한마디로 '스승님의 무술을 배워서 원수를 갚을 수 있습니까? 라고 대놓고 물어보는 것이다. 이건 듣기에 따라 치우천황무가 약하다는 말로 들릴 수도 있었다.

하지만 현중은 정말 그것만은 확실히 알고 싶었다. 그렇기에 단도직입적으로 물어본 것이다.

[신을 상대로… 흠…….]

현중의 물음에 의외로 치우천왕은 곰곰이 뭔가 생각하는 듯했다.

그녀는 현중을 똑바로 바라보면서 천천히 살피기 시작했다. 그러기를 몇 분이 지났을까.

[1할.]

"……"

간단하게 부연 설명 없이 말하는 치우천왕의 대답을 들은 현중은 오히려 미소를 지으면서,

"꽤 높게 보셨습니다."

현중은 솔직히 0.1% 정도로 생각했는데 1할이라면 10% 정도는 된다는 말이다.

하지만 그 뒤에 이어진 치우천왕의 말은,

[네가 치우천황무를 완성할 확률이 1할이라는 말이다, 아이야.]

"……"

전혀 의외에 말에 현중이 살짝 당황했다.

[신을 상대로 싸우는 능력을 얻는 것이 그리 쉬울 줄 알았더냐?]

물론 쉬울 거라고는 생각하지 않았다. 그런데 이미 치우천황무의 반쪽을 익히고 있는데도, 사조성을 배워 완전한 치우천황무를 완성할 확률이 10%밖에 되지 않는다는 말은 현중에게도 충격이었다.

"…꽤 낮군요."

이 말밖에 할 말이 없었다.

아무리 날고 긴다고 해도 치우천왕 앞에서 현중은 그저 어린애에 불과했다. 실질적으로도 아마 먼 조상일지도 몰랐다. 나이로나 족보로나 어린애가 맞긴 했다.

[그래도 많이 생각해서 1할이니라. 원래는 1푼으로 생각했단다.]

"……"

　현중은 카일라제는커녕 치우천황무를 완성하는 것부터 난
관에 부딪쳐 버렸다.
　정말 현중은 너무 쉽게 생각했던 것이다. 그냥 배우면 끝나
고 카일라제와 대판 싸우면 되는 그런 단순한 것으로 말이다.
　하지만 현실은 달랐다. 치우천황무를 완성하는 것부터 이
미 최대 난관으로 다가왔으니 말이다.

＊　　　＊　　　＊

　"드디어 2002년 한일 월드컵이 한 달 앞으로 다가왔습니
다. 벌써부터 월드컵 열기로 모든 지자체들이 바쁜 가운데 대
동그룹의 무선 와이파이를 통한 실시간 중계를 볼 수 있는 어
플이 현재 선풍적인 인기를 끌고 있습니다. 올해 초 혜성처럼
등장한 W패드로 인해 전 세계의 모든 이목이 집중된 가운데,
한일 월드컵 개최로 인해 그동안 일본을 선진국으로 인식해
왔던 아시아의 정상을 위협하는 나라로 중국이 아닌 저희 한
국이 세계 언론의 주목을 받고 있다고 합니다. 지금까지 박대
기 기자였습니다."

　딸각.
　─나름 마스터의 예상대로 흘러가는군.

테른은 대동그룹 회장실에서 커다란 화면으로 곧 있을 한 일 월드컵으로 한창 분위기가 고조되어 가고 있는 현재 한국의 상황을 보고 있었다.

공전의 히트를 친 W패드는 거의 대한민국의 생활이 바뀌었다고 해도 과언이 아닐 만큼 엄청난 파장을 일으켰다.

—크크큭… 마스터께서 돌아오셔서 이 사실을 아신다면…….

테른은 치우천황무를 완성하겠다고 사라진 이후 연락은커녕 자신과의 교감조차 이뤄지지 않는 현중을 생각했다.

물론 걱정하는 것은 아니었다. 영혼의 계약으로 인해 테른 자신이 멀쩡하게 살아 있는 이상 현중도 살아 있다는 뜻이니.

다만 벌써 시간이 제법 흘렀는데 아직도 감감무소식인 현중이 살짝 걱정될 뿐이었다.

딸각.

—뭐지?

테른은 서류에 사인하면서 누군가 들어오는 기척에 고개를 들었다. 시리였다.

서류 결재할 때만큼은 들어오지 말라고 미리 당부를 해놨기에 테른이 약간 신경질적으로 시리를 바라보았다.

—마스터, 그들이 움직이기 시작했습니다.

테른은 시리의 말에 빛의 속도로 결재하던 일을 멈추고 입가에 미소를 지었다.

─그럼 그들이 그녀에게 접근을 시작했단 말이군.

─네, 마스터.

─그냥 놔둬라, 우선은. 이미 내가 조취를 취해놓았으니.

─알겠습니다.

시리가 전할 말만 전하고 다시 회장실 밖으로 나가자 테른은 잠시 서류가 쌓여 있는 책상에서 일어나 소파에 앉았다.

─생각보다 늦었군. 크크크큭. 하지만… 늦은 만큼 철저하게 준비하고 그녀에게 접근을 시작하겠지?

전에 현중이 오희연에게 접근하는 녀석들이 있을 것이라고 준비하라는 말을 한 적이 있다. 솔직히 테른은 와이파이가 얼마나 커다란 파급효과를 가져올지 쉽게 예상이 되지 않았기에 크게 걱정하지 않았지만 현중의 명령은 절대적이었다.

그래서 그동안 주워 모아두었던 시체를 이용해서 쓸 만한 녀석들을 만들어두었다. 그중에서 러시아에 갔을 때 주운 특수부대원을 이용해서 만든 녀석들이 탁월한 적응력과 능력을 보여 오희연과 팀원 네 명의 그림자 속에 하나씩 숨겨두었다.

그런데 그동안 바쁘게 지내다 잊고 있었는데 얼마 전부터 시리로부터 이상한 녀석들이 오희연과 팀원에게 접근한다는 정보를 들은 것이다.

─산업 브로커라……. 과연 얼마나 능력이 있을까?

산업 브로커. 말 그대로 산업에 관해 전반적인 중간 다리 역할을 하는 녀석들이다. 기업 브로커라든지 여러 가지로 불리지만 결국 같은 말이었다. 하는 일이 같으니 말이다.

그중에서도 산업 브로커가 가장 많이 하고 돈을 많이 버는 일이 바로 인재를 스카웃해서 빼내가는 일이었다.

특히나 산업 브로커는 능력이 되고 이미 성과를 인정받은 녀석들만 골라서 자신들만의 등급과 평가를 내려서 접근하는 게 보통이었다.

하지만 시리와 테른의 감시를 벗어나서 오희연과 팀원들에게 접근하는 게 사실상 불가능하기에 접근하자마자 바로 걸린 것이다.

물론 테른의 예상보다 한참이 지난 다음 모습을 드러낸 것이 조금은 이상하긴 했지만 그런 것은 신경 밖이었다.

현재 테른은 자신의 밥그릇을 훔치려 하는 녀석들을 기다리는 중이었다.

그 주인에 그 부하라는 말이 있듯 현중이나 테른이나 성격이 비슷하다 보니 걸어온 싸움은 피하지 않으며, 먼저 건드리지 않으면 상관도 하지 않지만 일단 먼저 건드리면 철저하게 짓밟아주는 게 보통이었다.

거기다 현재 테른을 제어할 수 있는 현중이 부재중이다.

즉, 테른이 마음먹고 난장판을 벌리려고 하면 그 누구도 막을 수 없는 상황이다. 그나마 현중이 봉인을 풀지 않고 간 것이 오희연과 팀원에게 접근한 산업 브로커에게는 다행일지도 몰랐다.

한편 그 시각 오희연은 처음 보는 남자와 카페에서 마주 바라봤다.

오희연은 현재 W패드 OS의 프로그래머를 구하기 위해서 수소문하다가 우연히 미국에서 제법 능력 있는 프로그래머라고 소개를 받아 만나기 위해 나온 상태였다.

하지만 오희연은 상대를 마주한 순간 뭔가 잘못되었다는 것을 느꼈다. 프로그래머의 느낌을 전혀 받지 못한 것이다.

오희연은 나름대로 사람 보는 눈도 있고 한때 대학에서 프로그램 관련 동아리 활동도 했기에 컴퓨터를 파고드는 특성을 가진 사람들만이 가지는 분위기나 행동 등을 잘 알고 있었다.

그런데 지금 오희연의 눈앞에 있는 남자는 깔끔한 무테안경에 한눈에도 비싸 보이는 정장을 입고 어느 것 하나 나무랄 것이 없는 젠틀맨의 모습이다.

물론 프로그래머들이 사람들의 편견처럼 모두 다 허름하게 다니는 것은 아니다. 그런데,

오희연이 지금 눈앞의 남자에게서 위화감을 느낀 이유는

바로 눈동자 때문이었다.

눈동자는 그 사람의 마음의 창이라는 말이 있다.

'차가워.'

오희연이 남자를 보고 눈동자에서 느낀 첫 느낌이다.

마치 시린 얼음이 눈동자에 닿아 있는 것 같은 느낌을 받은 것이다. 지금까지 저렇게 차가운 눈빛을 한 사람치고 좋은 일 하는 사람을 본 적이 없는 오희연은 대뜸 물었다.

"누구시죠?"

이 단 한 마디만 하고 아직 자리에 앉지도 않고 있었다.

"이런. 저를 그렇게 경계하지 않으셔도 됩니다."

남자는 오희연이 이렇게 경계할 줄은 몰랐기에 속으로 살짝 놀랐다.

하지만만 본래 자신이 하는 일은 이런 첫 만남이 다반사였기에 능숙하게 웃으면서 자리에서 일어나 손을 내밀었다.

"전 박진수입니다."

"박진수? 제가 만날 사람은 성이 박 씨가 아니라고 들었습니다. 제가 잘못 찾아온 듯하군요."

오희연이 왠지 본능적으로 거부감이 드는 박진수가 싫어서 급히 돌아서 나가려고 하자,

"알고 있습니다. 이 자리는 제가 만든 자리입니다."

박진수의 말에 오희연은 몸을 돌려 나가려던 걸음을 멈추고 고개만 살짝 돌려 바라봤다.

"왜 이렇게 번거롭게 하신 거죠? 그냥 제게 전화를 걸어도 만나는 것은 얼마든지 가능할 텐데요."

오희연의 휴대전화 번호와 요즘 선풍적인 인기를 끌고 있는 W패드에 기본 탑재되어 있는 메신저 아이디도 대동그룹 전산팀 홈페이지에 공개되어 있는 상황이다.

즉, 이렇게 복잡하게 자신을 만나야 할 이유가 없는 것이기에 더욱 박진수를 경계했다.

그리고 뭔가 이상하게 일이 잘못되어 가고 있다는 느낌도 받았다.

"우선 저에게 10분만 시간을 주실 수 없으시겠습니까? 결코 후회하지 않으실 겁니다."

"……."

오희연의 본능은 그냥 카페를 나가라고 말하고 있었다. 하지만 이상하게 박진수의 말이 호기심을 자극하기도 했다. 그녀는 고민하다가 결국,

'겨우 10분인데, 뭐.'

라는 생각에 자리에 앉았다. 우선 어째서 이렇게 복잡한 단계를 거쳐서 자신을 만나려고 했는지 이유나 들어보자는 생각도 있었다.

“우선 제 소개를 하겠습니다. 전 미국의 W&A에서 온 사람입니다.”

“W&A?”

오희연은 순간 자신이 잘못 들었나 하는 의심을 했다.

W&A는 글로벌 기업으로 정보통신 분야에서는 거의 세계에서 10위 안에 드는 엄청나게 큰 기업이다.

대동그룹과 비교하면 열 배 정도의 덩치를 가진 기업으로 미국의 경제를 움직일 수도 있다고 알려진 곳이기에 순간 자신의 귀를 의심할 수밖에 없었다.

“그곳에서 왜 저를 찾아온 거죠?”

순간 오희연은 자신의 머릿속에 그려지는 시나리오가 아니길 바랐다.

“오희연 씨에게 넓은 세계의 무대를 경험해 볼 수 있는 기회를 드리고자 합니다.”

“……”

오희연은 왜 이렇게 자신을 찾아왔는지 바로 알아차렸다.

바로 스카우트를 하기 위해 온 것이다.

그런데 이렇게 비밀리에 복잡한 과정을 거쳐서 자신을 만나려고 했다면 결코 평범한 스카우트는 아닐 것이다.

현재 대동그룹 전산팀의 가장 핵심인 와이파이 부분과 W

패드를 총괄하고 있는 오희연이다.

이런 상황에 오희연이 박진수의 말을 듣고 W&A로 옮긴다면?

수 조 원을 들여서 만든 대한민국의 와이파이 구축 노하우와 W패드의 기술력이 모두 한순간에 W&A로 넘어가는 것이다.

즉, 박진수는 비밀리에 기술을 빼내는 산업 스파이의 역할도 함께하는 산업 브로커인 것이다.

비밀리에 기업의 핵심 비밀을 가진 사람이나 핵심 기술에 접근 가능한 사람을 꼬드겨서 기술을 빼내가는 사람 말이다.

"산업 스파이 브로커였군요."

오희연이 노골적으로 불쾌하다는 표정을 지으면서 자리에서 일어서려고 하자 박진수는 웃으면서,

"15억입니다."

멈칫.

오희연은 순간 일어서려던 행동을 멈췄다.

"오희연 씨에게 저희가 드리는 연봉입니다. 그리고 성과에 따라 기본 5억을 성과금으로 드릴 생각입니다. 물론 성과에 따라 플러스되는 것은 기본입니다."

무섭도록 엄청난 액수다. 일반 회사원인 오희연에게 연봉

15억에 기본 성과금 5억이라면 엄청난 액수였다. 일반 회사원은 평생 만져 볼 수 없는 거액인 것이다.

물론 대동그룹에서도 돈을 적게 주는 것은 아니다. 현재 오희연의 연봉이 7천만 원인 것을 생각하면 절대로 적게 주는 것이 아니었다.

하지만 15억과 7천만 원은 이미 상대가 안 되는 액수다.

"후훗."

박진수는 오희연이 움직임을 멈추자 흐뭇하게 미소를 지었다.

지금까지 오희연 같은 사람을 수십 명이나 스카우트해서 데려갔다.

당연히 일반 회사원은 꿈에도 못 꿀 액수의 연봉을 제시하면 열 명 중 열 명이 모두 마음이 흔들릴 것이다.

알아보니 오희연은 평사원에서 파격적으로 전산부 팀장으로 승진해 연봉이 7천이라고 들었다. 하지만 그뿐이다.

아무리 잘해봐야 돈은 회사가 버는 것이고 고생은 오희연이 한다.

박진수가 알아본 오희연은 분명히 능력이 있었다. 대동그룹 회장과 면담해서 전국에 와이파이 망 만드는 기획안을 관철시켰고, 거기에 W패드까지 만들어내 거의 유령회사로 전락해 가던 대동그룹을 단 1년 만에 대한민국 10위

안에 드는 엄청난 브랜드 가치를 가진 기업으로 만들었으니 말이다.

거기다 W패드는 플라스틱이나 그런 싸구려 느낌의 제품이 아니라 메탈크롬으로 뒷면을 장식하고 전면을 액정화해서 단순하면서도 심플한 디자인이다.

W패드가 한국에서 선을 보이자 거의 돌풍을 넘어서 태풍이 불었다.

거기다 45개 국어를 기본으로 지원하는 멀티 언어 지원을 탑재해 한국에서만 아니라 이미 출시한 지 2개월 만에 미국에도 소문이 퍼진 상태였다.

웃기게도 한국에서는 와이파이 3년 계약만 하면 공짜로 받을 수 있는 W패드가 미국에서는 400달러에 팔리는 웃지 못할 상황이 벌어진 것이다.

물론 W&A에서도 W패드를 아시아의 작은 나라에서 만들었다고 그냥 무시하려고 했었다.

그런데 오희연은 획기적인 서비스 시스템을 들고 나와 구매한 유저에게 엄청난 인기를 끌었으니 바로 맞춤형 펌웨어 서비스와 W스토어였다.

맞춤형 펌웨어 서비스의 내용은 아주 간단했다.

구매자가 자신이 자주 사용하고 꼭 써야 하는 프로그램이나 어플, 자신에게 있었으면 하는 어플리케이션을 주문하면

짧게는 일주일, 길게는 한 달 안에 그 개인에게 맞는 펌웨어 버전을 만들어 보내주는 것이다.

처음에는 이 맞춤형 펌웨어 서비스가 말도 안 된다고 대동 그룹 내에서도 반대했었다.

이미 한국에서만 팔린 W패드가 1,500만 대다.

거기다 해외로 팔린 것까지 하면 거의 5천만 대를 넘어서고 있었다.

그 5천만 명의 개인에 맞는 펌웨어를 제작해 준다는 것은 사실상 불가능하다.

대동그룹의 전산 직원은 모두 백 명이었다.

턱도 없는 숫자인 것이다.

하지만 오희연은 그런 반대를 간단하게 뒤집어 엎어버릴 해결책을 꺼내놓았는데 그게 바로 펌웨어 제작 툴인 것이다.

한마디로 W패드의 OS의 가장 핵심 코어 부분만 빼고 모두 공개하겠다는 것이다.

물론 이게 리눅스를 기반으로 했기에 가능한 일이었다.

거기다 초보자용과 고급 사용자용으로 펌웨어 제작 툴을 배포하자 재야의 프로그래머들은 열광하는 수준으로 대환영 했다.

솔직히 기본적으로 세팅이 되어 나오는 W패드는 너무 노

멀했다.

하지만 그걸 자신의 입맛대로 마음대로 바꿀 수 있다는 것은 너무나 매력적이었다.

그리고 그런 펌웨어 제작 툴로 인해 웃지 못할 일이 벌어졌는데, 바로 제법 프로그램을 만질 줄 아는 개인이 자신이 세팅한 펌웨어 툴을 W스토어에 올려서 팔기 시작한 것이다.

물론 가격은 500~1,500원 사이로 아주 저렴했다.

처음에 W패드를 사서 불편했던 사람들은 호기심에 하나둘씩 W스토어에서 펌웨어를 받아 설치해 보고 놀라고 말았다.

거의 환골탈태 수준으로 바뀌어 버린 사용 소감과 함께 W스토어에서 나름 이름 좀 알려진 유명한 능력자까지 탄생시켰다.

당연히 그런 사람을 오희연이 가만히 두고 볼 리가 없었다.

재빨리 연락해 대동그룹의 사원으로 만들기도 했다. 그만큼 오희연의 사업 수완은 알아보면 알아볼수록 탐날 수밖에 없었다.

그런 다이아몬드 원석과 같은 오희연을 겨우 7천만 원으로 부려먹다니 말도 안 된다고 생각하는 박진수였다.

"박진수 씨라고 했죠? 혹시 한국 사람인가요?"

"네. 한국 태생입니다."

"그렇군요."

오희연은 잠시 생각하는 듯하더니 그대로 자리를 박차고 일어섰다.

"듣지 않은 것으로 하겠습니다."

"네?"

박진수는 오희연의 말에 이해를 할 수가 없었다. 자신의 능력을 더욱 크게 펼칠 수 있는 기회를 주겠다는데 단칼에 거절하다니 말이다.

"실수하시는 겁니다."

박진수가 여전히 웃는 얼굴로 오희연에게 협박조로 말했다.

오희연은 오히려 그런 박진수를 향해 가까이 다가와 얼굴을 코앞까지 들이밀고서는,

"아직 그쪽이 모르는 것이 하나 있는 것 같군요. 브로커라면 당연히 저에 대한 것을 모두 조사했을 텐데요."

"물론 알고 있습니다."

"후후훗, 그럼 아실 텐데요. 제가 잘나서 이 자리에 있는 게 아니라는 것쯤은요."

"네?"

박진수는 오희연의 말에 오히려 영문을 모르겠다는 듯 의문을 표현했다.

하지만 오희연은 굳이 그 이유를 알려줄 필요가 없기에 미련없이 돌아서서 카페를 나왔다.

하지만 곧 한숨을 쉬면서,

"하아, 15억이라……. 쩝, 좀 아깝긴 하다."

오희연도 사람이다. 15억이라는 돈에 잠깐이지만 흔들리지 않았을 리가 없다.

하지만 그들이 원하는 게 무엇인지 오희연은 알고 있기에 바로 15억의 미련을 버릴 수 있었다.

그들이 원하는 것은 바로 와이파이 설치 노하우와 W패드의 기술력이다.

와이파이 설치 노하우는 너무나도 단순하다.

바로 자금력이다.

현중이 한 번의 고민도 없이 수조 원의 돈을 쏟아부었기에 가능한 일이었다.

그리고 W패드 또한 그런 와이파이 망이 있기에 성공할 수 있었던 것이다.

그 말은 곧, W패드의 성공은 오희연의 능력이 아니라 조금도 고민도 없이 수조 원을 투자하는 대동그룹 회장 김현중의 결단력 덕분이라는 말이다.

　W&A에서는 아무리 브로커를 동원했지만 그것까지는 알아낼 수 없었던 모양이다.

　한마디로 오희연은 자신의 능력을 너무나 잘 알고 있었다.

　그리고 자신이 현재 어떤 역할을 하고 있는지도 잘 알고 있었다.

　이렇게 현재의 자신을 잘 알고 있는 사람은 자신이 앞으로 어떤 일을 해야 하는지도 자연스럽게 알 수 있는 경우가 대부분이다.

　박진수가 제시한 15억은 물론 매력적이긴 하지만 그건 현재 오희연에게는 독이었다.

　너무나도 달콤하고 매력적인 독으로 순식간에 오희연을 절망의 끝까지 떨어뜨릴 수 있다는 것을 본능적으로 느낀 것이다.

　현재 오희연은 대동그룹을 살린 사람으로 나라 안팎으로 알려져 있다.

　하지만 그것은 철저하게 자신을 드러내지 않고 있는 현중의 행동 때문이다.

　실상을 알고 보면 오희연은 얼굴마담에 가깝다.

　물론 그녀의 기획도 쓸 만했다.

　하지만 오희연의 성공을 뒷받침하는 것은 현중이라는 막

강한 자본력을 가진 사람이다.

현중이 없었다면 그녀의 기획은 성공은커녕 빛도 보지 못했을 것이다.

"미련은 무슨……."

오희연은 웃어버리고는 그대로 15억이라는 유혹을 떨쳐버렸다.

반면 카페에 남아 있는 박진수는 표정이 그리 좋지 못했다.

"쳇, 역시 뭔가 내가 모르는 대가를 받기로 한 건가?'

박진수는 오희연의 미련 없다는 표정에서 자신이 제시한 15억보다 더 좋은 것을 대동그룹에서 제시했을 것이라고 생각했다.

"쩝, 조금만 더 나에게 오더를 줬으면… 오희연을 낚을 수 있었는데……."

박진수는 철저하게 비즈니스로 움직이는 사람이다. 산업 브로커인 그는 기업에서 누군가가 필요하다는 오더를 받으면 행동했다.

그 행동에 일절의 사심도 없고 배려도 없다.

지금 오희연의 행동과 모습에서 박진수는 W&A에서 오희연을 빼내오라는 오더를 조금만 더 일찍 받았다면 분명히 성공할 수 있었다고 생각하는 듯했다.

그러니 이번 한 번으로 산업 브로커로 잔뼈가 굵은 박진수가 물러날 리가 없었다.

오희연이 15억도 무시할 정도로 대단한 대가를 대동그룹에서 받기로 했다고 판단되는 만큼 그게 무엇인지 알아내서 그것 이상이나 아니면 오희연의 마음을 돌릴 수 있는 다른 것을 제시하면 되는 것이다.

요즘 세상에 의리, 믿음 그따위 것은 개나 줘버려야 한다.

우선 자기가 살고 봐야 하는 세상이다. 조금만 약한 모습을 드러내면 뒤에서 누군가가 물어뜯으려 하는 게 지금의 경제가 움직이는 세상의 이치다.

친구?

그따위 것은 필요가 없다. 친구가 뒤통수 치고 사기 치는 세상이다.

오로지 개인이 잘 먹고 잘사는 것이 최고라고 생각하고 있는 박진수는 우선 기업, 회사보다 개인이 우선인 미국의 사고방식을 그대로 가지고 있는 사람이었다.

물론 한국이라고 해도 별다를 게 없다고 생각하고 있었다.

특히나 오희연과 같이 매스컴의 주목을 끌 만큼 능력을 인정받은 사람이라면 더더욱 욕망이 강할 것이라고 생각하는 박진수였다.

"오희연… 당신은 아직 이제 시작하는 단계에 불과해. 내가 당신에게 날개를 달아주지. 크크큭… 이런 좁은 땅이 아닌 더 넓은 곳에서 말이야."

혼자만의 생각으로 마음대로 오희연을 판단하고 분석하고 있는 박진수는 바로 옆에서 세상에서 가장 무서운 존재가 자신을 보고 있는 줄은 꿈에도 모르고 있었다.

─크크크, 웃기는군. 기회? 노력과 땀을 쉽게 가져가는 주제에 말은 그럴듯하군.

박진수를 노려보는 눈빛의 주인공은 바로 테른이었다.

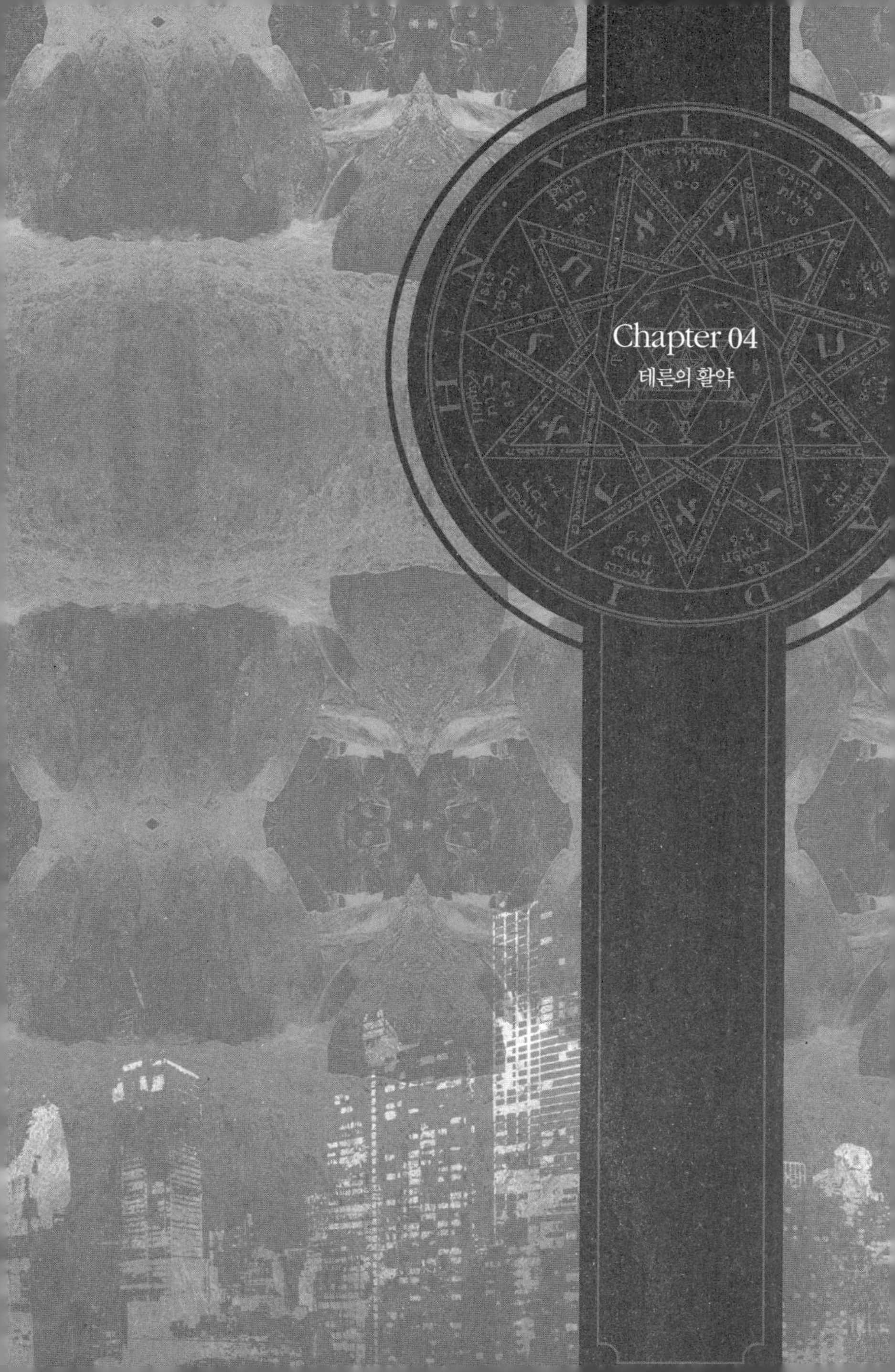

Chapter 04
테른의 활약

테른은 카페 한쪽의 어둠에 몸을 숨긴 채 있었다. 세상 어디든 어둠은 존재했다. 특히나 지구처럼 인간이 모든 것을 지배하고 과학이 발달한 곳일수록 어둠이 더욱 강해지는 법이다.

그림자를 은신처로 삼는 테른에게는 그야말로 어디에 있든 누구든 테른의 눈을 벗어날 수 없었다.

그리고 지금 박진수를 보는 테른의 눈빛은 한없이 차가웠다. 기회? 능력에 맞는 대우? 테른이 듣기에는 그저 감언이설에 불과했다. 어차피 필요에 의해서 쉽게 가져온다면 그 쓸모가 떨어지면 쉽게 버려진다.

마계는 냉혹한 곳이다. 힘이 지배하고, 힘이 모든 것을 결정하는 곳이었다.

하지만 그런 마계에서도 가장 하급으로 취급받고 손가락질 받는 것이 바로 다른 자의 능력을 훔치는 것이다. 정당하게 이겨서 다른 자의 능력을 흡수하는 것은 당연하지만 뒤에서 중상모략을 통해 훔치는 것은 마계에서조차 손가락질 받는 짓인 것이다.

지금 박진수의 행동은 훔치는 것과 다를 바가 없었다. 그저 듣기 좋은 소리를 늘어놓고 있지만 결론은 대동그룹에서 수조 원을 들여 완성한 와이파이 망 설치 노하우와 W패드의 기술력을 날로 먹겠다는, 누가 봐도 뻔히 보이는 수작인 것이다.

그런데 지금 이렇게 가만히 지켜보고 있는 테른에게 박진수 따위는 안중에도 없었다.

오로지 오희연을 시험하기 위해서였다.

지금 테른의 판단으로는 현중이 돌아온다면 거의 90% 확률로 대동그룹 운영에서 손을 뗄 것이 분명했다.

신을 상대로 전쟁 아닌 전쟁을 준비하는 현중이 지금 대동그룹에 시간을 할당한 여유가 없기 때문이다.

그럼 전에 말했듯 오희연을 대동그룹의 월급 사장으로 올릴 가능성이 높았다.

이미 대동그룹 내에서도 오희연의 능력은 인정받고 있고 기존의 고리타분하고 머리가 굳은 늙은 녀석들이 없는 대동그룹에서는 오희연의 성공은 오히려 자극제가 되고 있었다.

'나도 가능하지 않을까?

'내가 조금만 빨랐다면······.'

이라는 생각을 대동그룹의 전 사원에게 심어준 것이다.

거기다 매스컴에서도 오희연을 거의 희대의 천재로 띄워주고 있었다.

실제로 현중의 엄청난 자금력으로 겨우 명맥을 유지하고 있던 대동그룹이다. 그런데 처음에는 국내는 물론이고 세계의 다른 기업들까지 미쳤다고 손가락질하던 와이파이 망을 설치하자 그동안 멍청하다고 하던 기업들의 말이 그대로 사라져 버렸다.

이왕 돈 들여 하는 것 좋은 걸로 하자는 현중의 말 한마디에 현재 가장 좋은 와이파이 모듈에, 거의 50m마다 중계기를 설치한 파격적인 조치로 인해서 그 어디를 가든 와이파이가 끊어지지 않고 있다.

처음에는 대동그룹이 이미지 쇄신을 위해 미친 척하고 광고 효과를 노린 거라고 생각했다.

솔직히 와이파이가 그리 필요하다고 깊이 생각하지 않았

던 사람들이 대부분이었으니 말이다. 하지만 막상 와이파이 설치에 들어가자 심상치 않다는 것을 느낀 것이다. 공사비만 수조 원에 이르고 이후로도 계속 돈이 들어가서 거의 9조 원에 가까운 돈을 쏟아붓더니 세계에서도 유래를 찾아볼 수 없을 만큼 단기간에 대한민국 어디서든지 도시라는 이름을 가진 곳에서는 대동그룹의 와이파이 망을 사용할 수 있게 된 것이다.

그리고 발 빠르게 W패드라는 7인치 태블릿까지 출시하자 그 효과는 폭발적이었다.

인터넷 하면 게임이라고 알고 있던 현재 사람들에게 인터넷 하면 편리한 쇼핑이라는 새로운 개념을 심어준 것이다.

그와 동시에 온라인 쇼핑이 폭발적으로 성장했다.

한마디로 대동그룹의 와이파이 망 설치와 W패드의 성공은 대한민국의 유통 과정에 일대 변혁을 일으킨 셈이었다. 길거리 어디서든지 쇼핑이 가능하고 인터넷 검색이 가능하며 메신저로 실시간으로 대화가 가능한 편리함에 사람들은 금방 익숙해져 버렸다.

오히려 휴대전화를 사용하는 사람이 점점 줄어들고 있었다.

고속도로는 물론이고 사람이 사는 곳이라면 지금도 계속해서 와이파이 망을 설치하고 있는 대동그룹의 노력 덕분에 사용 요금이 몇 만 원씩 나오는 휴대전화와 월 5천 원만 내면 무한대로 사용할 수 있는 W패드를 선택하라면 무엇을 선택하겠는가?

당연히 W패드다. 월 5천 원에 뭘 하든 자유롭게 할 수 있는데 굳이 사용할 때마다 비싼 요금을 내는 휴대전화를 사용하는 바보는 없을 테니 말이다.

상황이 이렇다 보니 통신 시장의 매출이 W패드가 출시되고 몇 달 만에 40%나 감소하는 상황이 벌어졌다.

물론 이미 거대 자본력으로 국내 정계와 손이 닿아 있던 통신 회사들이 압력을 넣어서 대동그룹에 불리한 법 조항을 만들려고 했다.

하지만 그런 움직임은 곧 사라져 버렸다.

대동그룹을 건드리려고 하는 녀석들은 그 누구를 막론하고 살아남지 못했으니 말이다.

국회의원이고 뭐고 다 필요없었다.

대동그룹을 건드리고 적대한다는 것은 현중과 테른에게는 적이나 마찬가지였으니 말이다.

특히나 현중이 부재중으로 테른이 알아서 처리해야 하는 상황에 테른은 가장 객관적이고 냉정하게 판단해서 뒤끝이 전혀 없는 방법을 택했다.

죽음.

죽은 자는 말이 없는 법이다. 죽은 자는 어떠한 방법으로도 살아날 수 없다.

그리고 죽은 자는 오래도록 사람들의 기억 속에 남는 법이다.

법이고 뭐고 다 필요없고, 대동그룹을 향해 칼을 겨누는 짓을 하는 놈들은 모조리 하루가 멀다 하고 의문의 실종을 당했다. 그룹 회장이고 임원이고 상관없었다. 국회의원도 상관없었다.

조금이라도 대동그룹에 해를 끼치려고 하면 어김없이 테른이 직접 찾아가서 수고스럽게 데려다가 저 멀리 바다 한가운데 친절하게 던져 버렸으니 말이다.

시체는 바다에 사는 물고기들이 알아서 처리할 것이다.

처음에는 그냥 우연이라고 생각하던 사람들도 대동그룹에 관해 뭔가 하려고만 하면 사람이 실종되니 결국 그만둬 버렸다.

국회의원 30명, 통신 기업 관련자 50명, 그 외 관계자 100명 등 총 180명이 일주일 만에 실종되어 버렸고, 실종자를 찾기 위해 엄청난 노력을 했지만 지금까지 그 누구도 찾을 수 없었다.

이 정도면 대동그룹을 건드리는 것은 곧 죽음이라는 인식이 심어져도 이상할 게 없었다.

하지만 그건 이미 비밀리에 어둠 속에서 움직였고, 겉으로는 드러나지 않았다.

지금 박진수를 지켜보고 있는 테른은 지금 저 녀석을 바다에 집어 던져 버려야 할까, 아니면 그냥 놔둬야 할까 고민 중이었다.

우선 오희연은 대충 첫 번째 시험을 통과한 상태였다. 최소한 현중이 대동그룹을 맡겨도 배신은 하지 않을 것이니 말이다. 하지만 박진수가 문제였다.

아무리 아니라고 해도 옆에서 계속 건드리면서 자극하면…….

'혹시 좋은 건가?' 하는 생각이 들게 마련이다. 사람이기에 흔들릴 수밖에 없다. 현재 박진수는 오희연에게 그런 위험 요소가 많은 녀석이었다.

—던져 버릴까? 말까?

무작정 던져 버리자니 뭔가 찝찝한 것이 남을 것 같고, 그냥 놔두자니 계속 오희연에게 집적거려 귀찮게 할 것 같아 쉽게 판단이 서지 않고 있었다.

테른에게 가장 문제라면 바로 이것인데, 현중에 귀속되어 명령 받는 것에 익숙해져 버렸기에 이렇게 애매한 결정을 해야 할 때는 과감한 추진력이 없었다.

하지만 역시 현중 밑에서 오래 있어서 그런지 해결책은 현중과 비슷했다.

스르륵.

고민하느니 우선 직접 맞닥뜨린다는 현중의 해결 방식을 그대로 따라 하기로 한 것이다.

바로 현중으로 변신한 테른은 사람들의 시선 몰래 그림자에서 모습을 드러내 카페에 아직 앉아 있는 박진수에게 다가갔다.

그리고 그 맞은편에 앉았다.

"……?"

박진수는 창밖을 보면서 뭔가 생각하다가 누군가 자기 자리에 앉자 무심결에 쳐다봤는데, 순간 심장이 멈추는 줄 알았다.

"김… 현중… 회장……."

자신이 스카우트하려고 하는 오희연이 몸담고 있는 대동 그룹의 김현중이 떡하니 앉아 있는 것이다.

지금껏 숱한 스카우트를 해봤지만 지금처럼 회장이 직접 자신을 찾아온 적은 없었기에 매우 놀라고 있었다.

ㅡ박진수라고 했지?

현중으로 변신한 테른은 별다른 말도 없이 곧바로 박진수의 이름을 부르면서 똑바로 바라봤다.

그런 테른의 눈빛을 마주한 박진수는 이상하게 시간이 갈

수록 무언가 어깨를 누르는 압박감을 느끼고는 곧 눈동자를
슬그머니 옆으로 돌리기 시작했다.

　원래 현중은 부드럽고 편안하면서도 사람을 끌어당기는
마력이 있는 눈동자를 가졌지만 테른은 마족이다. 사람을 끌
어당길 필요가 없었다. 오직 사람을 압박하고 짓누르는 것만
이 전부인 마족이기에 처음이야 어떻게 버텨냈지만 박진수도
오래되지 않아 테른의 눈동자를 피한 것이다.

　—오희연 씨가 탐나나?

　"……."

　이 한마디로 박진수는 자신이 벌인 일을 현중이 모두 알고
있다고 생각했다. 박진수는 자신 딴에는 여러 가지 루트를 거
쳐서 철저하게 아무도 모르게 오희연을 만났다고 생각했는데
오희연과 헤어진 지 몇 분 되지도 않아 김현중과 떡하니 마주
앉아 있으니 심장이 철렁하긴 했다.

　하지만 그렇다고 꼬리 말고 도망갈 수도 없는 박진수였다.

　이런 일은 본래 무조건 손가락질을 받는 일이다. 누가 봐도
좋게 보이지 않으니 말이다. 어떤 의미로는 산업 스파이라고
할 수도 있고 산업 브로커라고 생각하는 사람도 있지만 결국
은 같은 말이었다.

　돈에 따라 움직이고 돈으로 사람을 사고파는 것은 같으니
말이다.

"김현중 회장님이 직접 오셨으니 더 이상 뭘 숨기겠습니까? 대동그룹이 품기에는 오희연이라는 인재가 너무 크다고는 생각하지 않으십니까?"

오히려 테른에게 당당하게 말하는 박진수였다.

그 말을 들은 테른은 현중 특유의 미소를 흉내 내면서,

─대동그룹이 작다고 생각하나, 아니면 내가 그릇이 작다고 생각하는 건가?

현중은 박진수가 무엇을 말하려는지 알고 있다는 듯 오히려 질문을 던졌다. 그러자 박진수는 살짝 표정이 꿈틀거리더니,

"둘 다입니다."

─둘 다라……. 내가 그리 작게 보였단 거군.

아무리 변신해 있지만 테른은 자신의 주인인 현중을 과소평가하고 있는 이 박진수라는 인간이 괘씸하기도 하고 한편으로는 호기심도 일어났다.

현재 테른은 자신의 위압감을 어느 정도 박진수에게 집중해서 일부러 무력시위를 하고 있는 중이었다.

그런데 눈동자가 흔들리면서 시선을 피하긴 하지만 그렇게 주눅이 들거나 무서워한다는 생각은 들지 않았다.

현중에 대한 정보는 쉽게 구할 수 있는 것이 아니다. 영국에서 현재 현중의 정보를 보호하고 있고 알게 모르게 현중을

아는 사람들은 현중의 정보가 밖으로 새어 나가는 것을 막고 있다. 그 때문에 박진수는 실제 현중의 1%도 알지 못할 것이다.

어쩌면 언론에서 떠드는 그저 돈 많은 미친놈으로 생각하고 있을지도 모른다.

─생각하기 나름이겠지. 후후훗.

테른은 별다른 말도 없이 그 자리에서 일어서더니 박진수를 향해 한 번 웃어 보이고는 그대로 카페를 나가 버렸다.

테른이 완전히 카페를 나가자 그제야 박진수는 한숨을 크게 내쉬더니,

"…하아! 도대체… 김현중 회장은… 어떤 사람이야?"

소문으로 듣고 자신이 조사해 알고 있는 정보와 완전 딴판이다.

그냥 돈 많은 사람? 우연히 석유회사를 가지게 된 졸부? 운 좋게 대동그룹을 인수한 사람? 모두 아니었다.

"완전 카리스마 덩어리잖아. 장난 아닌데."

약해 보이고 싶지 않아서 박진수 딴에는 억지로 대차게 나갔다. 그래서 겨우 테른이 뿜어내는 압박감을 버텨낼 수 있었다.

테른이 사라진 후 자신을 짓누르던 압박감이 사라지자 박

진수는 어깨가 날아갈 듯 가벼워짐을 느꼈다.

"무서운 사람이야."

박진수가 현중으로 변신한 테른을 보고 내린 끝내 내린 결론은 그랬다.

사람을 스카우트하는 직업이다 보니 첫 만남에서 그 사람을 판단하는 것이 거의 수준급에 올라 있는 박진수는 고개를 흔들면서 오희연에게 더 이상 접근하는 것을 그만두기로 했다.

테른과 눈동자를 마주한 순간 박진수가 느낀 것은 무엇인지 알 수 없는 깊은 느낌이다.

눈동자를 보면 그 사람의 성격이나 성향이 파악되지만 테른에게서는 그 어떤 것도 느낄 수가 없었던 것이다.

그리고 경험상 박진수는 그런 눈동자를 가진 사람이 얼마나 무서운지 알고 있기에 과감하게 오희연에 관해서 손을 떼기로 했다.

무엇보다 자신의 목숨이 소중하니까 말이다. 자신이 먼저 살고 봐야 했다. 죽고 나면 돈이고 명예고 무슨 소용이 있겠는가?

한편 테른은 카페를 벗어난 척하고는 다시 처음에 있던 그 그림자 속으로 돌아와 박진수를 살펴보고 있었다.

그리고 박진수가 오희연에 관해 깨끗하게 포기하는 모습

을 보고는,

─뭐, 알아들은 듯하군.

아무튼 무난하게 일이 해결되었다.

간단하게 문제를 해결하고 난 뒤 테른은 홀가분하게 회장실로 돌아왔다. 그러나 그에게 문제는 아직 끝난 것이 아니었다.

회장실로 돌아온 그를 기다리고 있던 것은 마리아 스핀 바로슈 백작이었다.

"현중 씨는 아직인가요?"

거의 일주일에 한 번 꼴로 찾아와서는 현중에 관해서 물어보는 마리아의 모습에 테른은 기계적으로 고개를 끄덕였다.

"역시……."

마리아는 그럴 줄 알았다는 듯 고개를 끄덕이면서 소파에 앉아서는 현중으로 변신한 테른을 물끄러미 바라봤다.

─왜 그러시죠?

테른이 물었다.

"그냥… 어쩜 그렇게 똑같이 생길 수가 있죠?"

─제 능력입니다.

"…역시나 똑같은 대답이네요."

아틀란티스로 같이 가긴 했지만 마리아는 다음날 바로 다시 영국으로 돌아와야 했다. 현중의 스승이라는 치우에게서 새로운 가르침을 받는 것은 좋았으나, MI-6의 수장이라는 위치상 오래 자리를 비워둘 수는 없기 때문이었다.

현중에게서 아틀란티스는 멀쩡히 있다는 설명을 듣고 안심한 그녀는 다음날 영국으로 돌아왔다.

현중이 충동적으로 데려왔고, 그녀도 충동적으로 결정한 사항이라 결국 하루 사이에도 제법 혼선이 빚어져 있었다. 한동안 그녀는 정신없이 바빴다.

그것들을 처리하고 났더니, 의외의 소식을 들었다. 바로 한국의 대동그룹에 현중이 멀쩡히 회사를 운영 중이라는 것이었다.

그 말을 듣고 그날 바로 한국으로 날아온 마리아는 설마 하는 마음으로 찾아간 회장실에서 정말 현중을 발견하고 깜짝 놀랐다.

마치 일란성 쌍둥이가 있는 듯 현중이 회장실에 앉아서 서류 결재를 하고 있는 것이 아닌가?

하지만 곧 마리아는 뭔가 이상하다는 것을 느꼈다.

눈빛.

마리아와 현중으로 변신한 테른이 서로 눈빛을 마주치는 순간 마리아는 곧바로 이질감을 느꼈다.

"넌 누구지?"

아직까지 테른이 현중으로 변신해 있을 때 알아차린 사람이 하나도 없었는데 마리아는 보자마자 현중이 아니라고 알아챈 것이다.

―마스터의 부하입니다.

현중의 모습을 한 테른이 공손히 머리를 숙이며 마리아에게 인사를 하자 마리아는 잠시 테른을 경계했다.

현중에게 테른의 존재에 대해 따로 들은 바가 없으니 그 의심은 당연했다.

하지만 며칠 동안 살펴봤는데 별다른 특이점이 없고 정말 현중의 부하인 듯하자 우선 테른을 믿어보기로 했다.

어쩌다 보니 마리아와 테른의 첫 만남은 그렇게 이루어졌다.

그런데 그 후로 시간이 날 때마다 대동그룹의 회장실을 찾아와서 현중의 안부를 묻는 모습에 테른도 이제는 고개를 흔들 정도다.

벌써 사라진 지 1년이 되어가고 있으니 마리아가 걱정하는 것도 이해가 가긴 한다.

하지만 벌써 1년 가까이 한국에 머물면서 대동그룹을 들락거리다 보니 회사 내에 마리아가 현중과 그렇고 그런 사이로 소문까지 만들어졌다.

테른은 그런 소문에는 관심이 없었다. 그래서 별다른 행동을 취하지 않았다.

그러다 보니 연애에 관련된 소문이라 그런지 남의 말 하기를 좋아하는 사람들의 특성 때문인지 빠르게 퍼져 나가기 시작했다.

그런데 그런 소문이 퍼지면서 또 다른 문젯거리가 생겨나 버렸는데,

딸각.

"어머? 역시나 오늘도 와 있네요?"

산뜻한 미니스커트에 진하지 않은 화장을 한 천유화가 회장실 문을 열고 들어와서 마리아를 보고 처음 한 말이다.

그렇다.

현중은 양다리를 걸친 남자로 전 회사에 소문이 난 것이다.

그것도 한 명은 영국의 템플재단 주인이자 공인 마스터로 알려진 마리아 스핀 바로슈 백작이고, 다른 한 명은 천산그룹의 아가씨로 불리는 천유화였다.

현중은 그 어떤 것도 하지 않았고 추파도 던진 적이 없다. 오직 치우천황무를 완성하기 위해서 잠시 떠나 있었을 뿐인데 이상하게 양다리를 걸친 회장님으로 소문이 난 것이다.

대놓고 두 명의 미녀가 회장실을 들락거리니 누구라도 그

렇게 생각할 것이다.

본래 인간은 상상을 좋아하는 동물이라 천유화과 마리아가 회장실을 들락거리는 것을 보고 수군거리던 것이 곧 양다리를 걸치고 두 여자를 마음대로 휘두르는 카사노바의 이미지를 만들어내기에 이르렀다.

현중 본인이 알았다면 땅을 칠 일이지만 테른에게 인간은 그저 인간일 뿐 인간의 사랑이 어떤지는 전혀 관심이 없었다.

그러다 보니 그런 테른의 무관심이 오히려 소문을 부풀리고 있는 실정이었다.

물론 천유화와 마리아가 그저 현중의 안부를 알아보기 위해서 오는 것은 아니었다.

W패드가 공전의 히트를 쳤고 W패드2가 출시를 앞두고 있는 상황이다.

모든 면에서 업그레이드가 된 상태이고 W패드2에서는 지금까지와 다른 OS에 보다 빠르고 보다 오류가 적은 펌웨어를 탑재해 출시한다고 하자 가장 먼저 천유화가 천산그룹의 이름을 등에 업고 뭔가 합작을 하기 위해 찾아온 것이다.

1,500만 대라는 판매 숫자는 대동그룹을 한순간에 국내 1위의 IT그룹으로 만들어 버렸다.

W패드 하나만으로도 이미 웬만한 대기업 수입을 능가하는 돈을 벌어들였다.

거기다 와이파이 망은 100% 대동그룹의 소유였고 대동그룹에서 관리하고 있다.

이러다 보니 뒤늦게 와이파이 망을 설치하는 것보다 차라리 대동그룹의 와이파이 망을 빌려 쓰는 게 더 이득이라는 판단을 내리는 기업들이 많아졌다.

그리고 대동그룹의 와이파이 망보다 완벽하고 확실하게 네트워크를 구축할 기술도 자본도 없었다.

겨우 와이파이 망 하나에 9조 원을 쏟아붓는 미친 짓을 할 기업이 없기 때문이다.

아예 시작부터 다른 곳에서 와이파이 망을 만들 생각조차 하지 못하게 엄청난 자본을 들여 만들어놓았으니 조용히 빌려 쓰는 쪽으로 생각을 바꾸게 되었다.

그리고 W패드의 히트로 인해 다른 기업들도 태블릿 제품을 만들어 판매하기 시작했다.

하지만 그 제품들은 판매하기 전에 꼭 대동그룹의 와이파이 망을 이용할 수 있다는 인증을 받아야만 했다.

테른이 실컷 만들어놓고 남 좋은 일 시킬 녀석이 아니었다.

테른은 자신이 만들어놓은 와이파이 망에 가장 맞는 무선 주파수와 모듈을 특허를 낸 상태였다.

이 무선 주파수와 모듈이 아니면 수신률이 현저히 떨어지는 불이익이 생기기에 다른 태블릿 제품들은 울며 겨자 먹기로 대동그룹에 허락을 받고 정당한 로열티를 지불해야 했다.

그래야만 인증과 동시에 모듈을 공급하는 것이다.

그러다 보니 9조 원에 가까운 돈을 들여 만든 와이파이 망은 처음에는 그냥 돈을 먹는 괴물이었는데 지금은 벌써 50% 정도 쏟아부은 투자비를 회수한 상태였다.

거기다 앞으로 시장은 계속 커질 것이 분명하고 곧 있을 월드컵에서 와이파이의 무서운 진가가 드러나게 되면 그 이익은 한층 더 성장할 것이다.

이미 W패드2의 선주문만 150만 대다.

아무래도 액정도 커지고 모든 것에서 업그레이드를 한 상태였기에 기존의 W패드 구매자들이 미련없이 W패드2로 갈아타는 것이다.

거기다 이번 W패드2에서도 전과 마찬가지로 펌웨어 제작 툴을 배포한다고 하고 기존의 W패드 또한 업그레이드를 계속하고 있었다.

이제는 W패드가 없으면 학생들 사이에서는 대화가 되지 않을 정도로 필수품이 되어가고 있었다.

하지만 반대로 얻는 자가 있으면 잃는 자도 있게 마련이
다.

그동안 국내 통신 시장을 장악하면서 거의 제 맘대로 횡포
를 부리던 휴대폰 시장은 급속도로 줄어들고 있었다.

5천 원에 음성 메신저까지도 되는데 뭐하러 굳이 비싼 돈
들여가면서 휴대폰을 사겠는가? 기존의 가입자들도 휴대폰
을 쓰지 않다 보니 떨어져 나가고 있는데 새로 신규 가입자가
있을 리 없었다.

하지만 대동그룹을 건드리자니 목숨이 위험하고 그대로
있자니 굶어 죽을 것 같고, 뭔가 대책이 필요한 시점이었
다.

거기다 2002 한일 월드컵으로 인해 W패드와 와이파이 사
용은 폭발적으로 늘어났다.

오히려 외국인들이 한국에 들어올 때 W패드를 가지고 들
어오는 경우가 대부분이었다. W패드에 한국을 소개하는 어
플이 많았고, 영어와 일어 등 언어의 장벽도 없이 다 소개가
되어 있기 때문이다. 굳이 관광 안내소를 찾을 필요도 없었
다.

메신저로 물으면 실시간으로 외국인에게 친절하게 메신저
로 대답해 주는 서비스가 있는데 당연히 사용할 수밖에 없었
다.

그냥 조금 편하겠지 하고 예상했던 경제 전문가들도 대동그룹의 와이파이가 가져온 엄청난 변화를 쉽게 받아들이지 못하고 있었다. 거의 국민의 생활 자체가 변해가고 있는 것이다.

W패드는 완전히 새로운 트랜드로 자리 잡았다.

반대로 휴대폰이 사라져 가고 있는 아주 이상한 현상이 생기기도 했다.

물론 완전히 없어지진 않았지만 새로운 가입자가 급격히 떨어지자 기본의 통신 회사는 점점 그 규모가 작아지는 현상이 벌어졌다.

바야흐로 대동그룹에서 새로운 통신 문화를 개척해 내고 엄청난 크기의 새로운 통신 시장을 혼자서 장악하게 된 것이다.

돈이면 그 누구보다 냄새를 잘 맡는 기업들이 이런 대동그룹을 그냥 보고 있을 리가 없었다.

가장 발 빠르게 움직인 것은 천산그룹의 천유화였다.

곧장 자신의 기업에서 생산하는 새로운 칩을 가지고 와서 테른—현중으로 변신 중인—과 협상했고, 객관적으로 따지는 테른이 손해 볼 것도 없고 오희연도 쌍수를 들고 환영했다.

솔직히 W패드는 어떻게 대동그룹에서 수요를 감당했지만

W패드2는 아무래도 무리였다.

오희연은 나름대로 다른 기업들과 접촉을 하고 있는 상황에 천산그룹에서 먼저 다가왔으니 거부할 이유가 하나도 없었다.

영국의 마리아도 그 외 그래픽 등과 메인보드 등 제법 많은 부분을 계약하면서 싼값에 넘기는 대신 대한민국 외의 다른 국가에 대한 판매를 마리아의 탬플재단이 독점하기로 했다.

이렇게 하다 보니 W패드2의 성능은 종전의 제품보다 두세 배 이상 업그레이드됐지만 가격은 생각보다 크게 비싸지 않았다.

20만 원대로 부담이 크지 않은 가격대가 가능하자 테른은 그대로 대당 28만 원으로 가격을 책정해 버렸다.

그것은 일대 파란이었다.

항간에 퍼진 W패드2는 당연히 50만 원을 넘을 것이라는 예측을 완전히 뒤집어 버린 것이다.

어차피 테른도 돈에 대한 욕심이 없었고 현중도 없는 편이라 가격을 그리 정하자 오희연은 초반에는 반대했다. 그러다가,

―10년 뒤를 바라보세요.

라는 현중을 흉내 낸 테른의 말에 결국 입을 다물 수밖에

없었다.

그런데 박리다매라는 말이 있듯 오히려 이윤을 적게 남겼는데 물량이 워낙 많다 보니 오히려 종전의 W패드를 생산했을 때보다 W패드2가 더욱 큰돈을 대동그룹에 안겨주는 기이한 현상이 벌어졌다.

아무튼 회사는 잘 돌아가고 마리아와 천유화의 도움(?)으로 오히려 대동그룹은 순식간에 국내 그룹 순위 5위 안에 드는 기염을 토했다.

하지만,

"흠… 거의 출근 도장을 찍으시는군요? 누가 보면 대동그룹 사원으로 알겠네요?"

천유화는 마리아를 보자마자 살짝 비꼬듯 말했고, 마리아는 그런 천유화의 말에도 아랑곳없이 웃었다.

"사업 파트너니까요."

"이런, 그건 저도 마찬가지인데요?"

본래 현중이 있었다면 애초에 이런 일이 벌어지지도 않았을 것이다. 하지만 지금은 테른이 현중의 자리를 대신하고 있었고 인간의 사랑의 감정에 대해서 이론으로만 알고 있었다.

때문에 지금 천유화와 마리아가 왜 싸우는지 머리로는 이해하지만 크게 관심을 두지 않고 있었다.

　그러다 보니 소문과 마찬가지로 삼각관계가 시작된 것이다.

　하지만 역시나 테른은 테른.

　―이만 볼일이 없다면 돌아가 주시겠습니까? 아직 결재해야 할 서류가 산더미 같아서 말이죠.

　가만히 듣고 있던 테른은 자신의 일에 지장이 있다고 판단하자 공손하지만 가차없이, 나름 위압적인 말투로 한마디 했다.

　현중 본인이면 몰라도 테른과는 아직 어색한 마리아는 흠칫,

　"헛, 그러네요."

　하며 조용히 물러났다.

　마리아가 조용히 물러나자 천유화도 살짝 테른의 눈치를 보더니,

　"현중 씨, 그럼 나중에 다시 올게요."

　현재 테른이 현중으로 변신해 있는 것은 마리아 혼자만 알고 있기에 천유화는 현중인 줄 알고 간단하게 인사하고는 물러났다.

　―인간들은 도대체 왜 이렇게 쓸데없는 것에 감정을 쏟아붓는 거지. 나 참.

　사랑이라는 감정과 남녀관계에 대해 이론으로만 알고 있

는 테른이 보기에는 마리아와 천유화가 도통 이해가 가지 않았다.

객관적으로 봐서 현중이 아주 멋진 수컷이긴 했다.

잘생겼지, 능력 있지, 지구 최강의 생물이지. 하지만 그렇다고 저렇게 암컷들이 싸우는 모습은 마족인 테른이 봤을 때 쓸데없는 힘 낭비 같아 보일 뿐이었다.

―후후훗, 하지만 역시 마스터라 그런가, 아니면 다른 이유 때문인가? 마리아 스핀 바로슈 백작.

테른은 유일하게 자신을 알아챈 마리아만 조금 특별하게 생각했다. 첫눈에 자신이 현중이 아니라는 것을 확신한 눈동자가 아직도 테른의 눈에 보이는 듯했으니 말이다.

―시리.

딸각.

―네, 마스터.

테른이 조용히 부르자 시리가 회장실 문을 열고 들어왔다.

―오희연과 팀원 동향은?

테른에게 가장 중요한 멤버는 오희연이었다. 그래서 주로 오희연만 챙겼지만, 같은 팀원들을 완전히 무시할 수는 없었다.

시리의 표정이 살짝 어두워졌다.

─왜 그러지?

─그게… 우선 마스터 명령대로 놔두었습니다. 그 결과 두 명의 마음이 돌아선 듯합니다.

─두 명?

테른은 두 명이나 산업 브로커의 꼬임에 넘어갔다는 말에 미간을 살짝 찡그렸다.

─류현욱, 이동욱 두 사람입니다.

테른은 둘의 이름을 듣자마자 곧바로 머릿속으로 그들의 신상명세서를 떠올렸다.

특별하게 능력이 있는 것도 아니지만 그렇다고 무능한 것도 아닌, 그냥 쓸 만한 인재라는 게 테른이 내린 그들에 대한 평가였다.

그런데 와아파이 설치에 가장 힘을 많이 쏟고 열의를 보였던 것으로 기억하고 있는데 다른 사람들보다 그들이 먼저 대동그룹에 등을 돌렸다는 사실에 괜스레 기분이 나빠졌다.

─조건이 어떻게 되지?

─연봉 5억에 성과급 1억씩 총 6억을 제시 받았습니다.

─접촉한 곳은?

─W&A라는 미국의 통신 기업입니다.

테른은 오희연에게 접근했던 기업의 이름이 나오자 한숨

을 내쉬었다.

박진수는 포기했을지 몰라도 W&A라는 기업에서 대동그룹에 완전히 손을 거둔 것은 아니었기 때문이다.

—알았다.

—네, 마스터.

시리가 조용히 물러나자 테른은 잠시 생각했다. 이대로 그냥 둘을 버릴 것인가, 아니면 W&A와 등을 돌린 두 명을 함께 처리할 것인가에 대해서 말이다.

조금의 동정?

류현욱과 이동욱이 돈에 홀려 대동그룹에 등을 돌릴 수밖에 없는 사연 따위는 테른의 안중에 없었다.

그저 그들은 테른에게 배신자일 뿐이었다.

그리고 현중이 가장 싫어하는 부류가 바로 배신자였다.

적보다 더 비겁하고 야비한 적이 바로 배신자이니 말이다.

우선은 기다리기로 했다. 류현욱과 이동욱이 과연 어떤 기업 비밀을 빼내서 W&A에 넘어가는지 호기심이 생겼기 때문이다.

테른이 보기에는 그렇게 탐나는 인재가 아니었다. 오희연을 제외한 나머지 네 명은 말이다.

하지만 W&A에서는 오희연과 그 팀원 네 명 모두에게 각

각 브로커를 따로 고용해서 철저하게 공략하도록 한 듯했
다.

정말 어지간한 정성이 아닐 수가 없었다.

—무슨 꿍꿍이지?

테른도 경제가 어떤 건지, 어떻게 돌아가는지 정도는 알고
있었다. 하지만 W&A에서 이렇게 공들일 만한 가치가 있을
까 하는 의문이 들었다.

와이파이 망이야 돈만 있으면 누가 설치해도 할 수 있는 일
이다.

그 증거로 평사원으로 입사했던 류현욱과 이동욱이 열정
하나만으로 일을 완수했으니 그리 어려운 게 아니다.

어차피 설치하는 일은 전문가가 따로 있었고 4인방은 뒤에
서 관리감독 겸 물량 조달만 담당했으니 말이다.

그런데 개인당 6억이라는 돈을 제시하다니.

물론 그리 큰돈이 아닐 수도 있지만 연봉 몇 천을 받는 류
현욱과 이동욱에게는 엄청난 액수다.

그렇다면 W&A에서 노리는 것은 이동욱과 류현욱이 아니
라는 것이다.

그들을 이용해서 뭔가 다른 것을 빼내려 한다는 판단이 섰
다.

삐익!

―응?

테른이 곰곰이 생각하고 있는데 갑자기 시리의 호출음이
들려왔다.

―국정원에서 요원이 왔습니다.

―국정원?

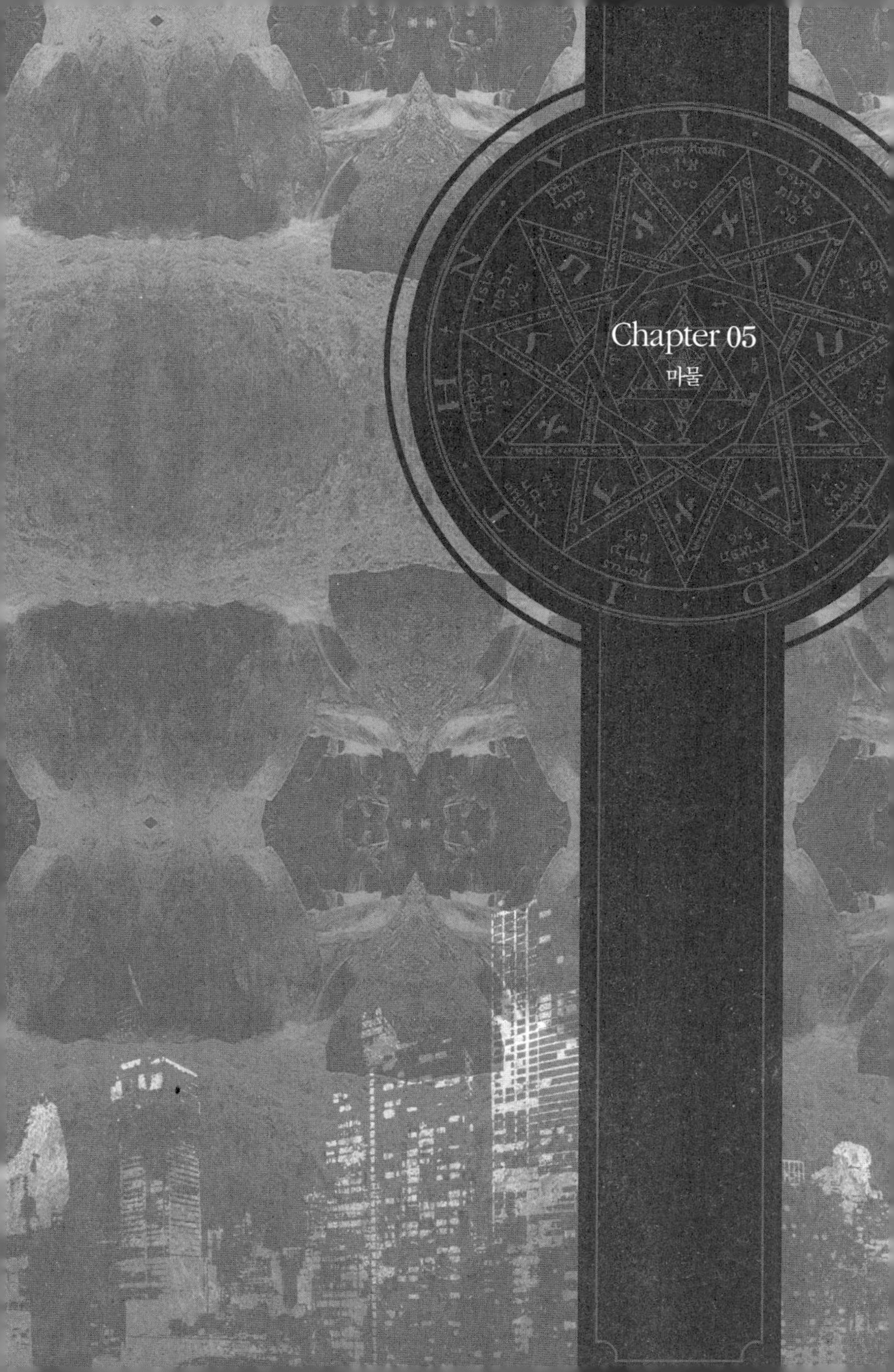

Chapter 05
마물

테른은 갑자기 국정원에서 요원이 왔다는 말에 고개를 갸웃거렸다. 하지만 나라에서 왔으니 우선은 들여보내라고 했고, 들어온 요원은 모두 네 명으로 그중 두 명은 현직 군인으로 보였다.

피 냄새가 온몸에서 배어 있었으니 말이다.

마족인 테른의 후각은 절대로 속일 수 없었다.

"김현중 회장님이시죠?"

우선 인상 좋아 보이는 요원 하나가 다가와 인사하자 테른도 현중의 웃음을 흉내 내면서 일어서서 맞이했다.

그리고 테른과 인사한 직원이 눈짓을 주자 뒤에 있던 군인 같아 보이는 두 명이 일사불란하게 품에서 뭔가를 꺼내 회장실 이곳저곳을 탐지하기 시작했다.

대략 10분간 꼼꼼하게 뭔가 검사를 한 뒤 다시 제자리로 돌아온 요원이 고개를 조용히 끄덕이자,

"죄송합니다. 도청이나 보안에 관한 일이라 조금 신중을 기하였습니다."

─상관없습니다. 그보다 어쩐 일이신지…….

테른은 국정원이 왜 출동했는지 아직 정확한 이유를 모른다.

굳이 국정원에서 출동할 이유가 없었기 때문이다. 와이파이야 돈만 있으면 되는 거고 W패드야 이미 오픈 펌웨어로 인해 별다른 기술이랄 것도 없었다. 직원 관리 또한 어차피 회사 책임이지 국정원에서 나설 일이 아니었기 때문이다.

"그게… 잠시 이야기를 나눠도 되겠습니까?"

국정원 직원이 조용히 소파에 앉자 테른도 같이 앉았다. 그리고 한 시간가량 조용히 대화가 오갔다.

─…그러니까 지금 미국의 산업 스파이가 저희 대동그룹의 서버 관리 관련 네트워크 구축 기술을 빼내려고 한다는 말씀이군요?

"네, 그렇습니다."

테른은 전혀 자신이 생각지 못한 곳 이야기가 나오자 살짝 놀라는 척했다. 비즈니스란 때론 놀랍지 않아도 놀라는 척을 해줘야 하는 법이다.

―별다를 것도 없습니다만?

테른은 네트워크 구축 기술 쪽으로는 전혀 아는 게 없었다. 그것 아니라도 할 일이 산더미 같은데 일일이 신경 쓸 수 없기도 했지만 크게 중요하게 생각하지도 않고 있었던 것이다.

그런데 국정원의 말을 들어보면 그게 아닌 듯했다.

"저희 쪽에서 우연히 대동그룹의 수석 프로그래머로 있는 최석호 씨의 수상한 움직임을 발견했습니다."

―그라면… W패드 OS 담당자입니다만?

그렇다. 최석호라면 오희연이 영입했다고 하는 프로그래머다. 그가 현재 W패드 OS를 만들었고, 전반적으로 네트워크에 관련해 개입했다고 보고를 받긴 했다.

테른은 예상하고 있던 오희연과 4인방이 아니라 전혀 생각지 못한 최석호의 이야기가 나왔으니 호기심이 생기지 않을 수가 없었다.

"회장님께서는 잘 모르시는 듯합니다만 현재 대동그룹에서 운용하고 있는 무선 와이파이 망 서버를 관리하는 방법이 전 세계에서 가장 앞선 기술이란 것을 아시나요?"

―음, 그런가요?

테른이 덤덤하게 오히려 요원에게 물어보자 요원은 쓴웃음을 지었다.

"미국에서 시험 중에 있는 방식보다 15년은 앞선 방법이라고 저희들은 판단하고 있습니다. 그 결과 현재 와이파이 속도가 50메가를 유지하면서도 렉이나 멈춤 현상 등 별다른 이상이 현재 전혀 발견되지 않고 있으니까요."

테른은 국정원 요원의 말을 가만히 듣다가 그들이 뭘 말하려는지 대충 짐작했다.

―그 말은 지금 W&A에서 최석호를 빼내려고 한다는 말씀이시군요?

"네. 최석호는 이미 해킹 사건으로 인해 국외 출국이 금지되어 있는 사람입니다. 나라에서 국외 출입 자체를 금지시켰습니다. 당연히 형식적이긴 합니다만 정기적으로 최석호의 움직임을 관찰하기도 합니다. 그러다 우연히 저희도 몇 달 전에 발견한 겁니다. 국외 출국이 금지된 최석호가 국내 자신의 재산을 정리하기 시작했다는 것을 말입니다."

―음, 그 말은 이미 최석호는 거래가 끝난 상태이고 몸만 조용히 넘어갈 준비를 하고 있다는 말이군요?

"그렇습니다."

테른은 요원들의 말을 듣고는 잠시 생각하더니,

―그럼 어떤 지원을 원하십니까?

　대동그룹의 회장실까지 찾아왔다면 당연히 뭔가 원하는
게 있기에 왔을 것이다. 아니면 몰래 조용히 자신들이 알아서
처리했을 테니 말이다.

　"그럼 저희의 용건을 말씀드리겠습니다. 저희 정보에는 영
국의 템플재단의 바로슈 백작님과 친분이 있다는 것으로 알
고 있습니다."

　ㅡ사업적으로나 개인적으로나 좀 친분이 있는 편입니다.

　"그럼 그분의 도움을 좀 받을 수 있게 해주시겠습니까?"

　ㅡ……?

　테른은 국정원의 말에 잠시 고개를 갸웃거렸다. 국정원에
서 마리아가 영국의 검이라는 칭호를 받은 국가 공인 마스터
라는 것을 모르지 않을 텐데 테른에게 이런 부탁을 하는 것이
이상했다.

　공인 마스터는 절대로 타국의 일에 개입하지 않는다.

　그들의 움직임 자체가 외교에 영향을 심각하게 끼칠 수 있
기 때문이다.

　그걸 국정원에서 모를 리가 없을 텐데 도와달라고 말하는
게 이상했다. 국정원은 나름 엘리트들의 모임이다. 그만큼 자
존심이 강하다.

　ㅡ알고 계실 텐데요? 바로슈 백작님은 영국의 국가 공인
마스터입니다.

"알고 있습니다."

—국가 공인 마스터를 저희 나라의 일에 동원한다면 외교적으로 문제가 생긴다는 것도 알고 계시겠군요?

끄덕.

요원은 대답 대신 고개를 끄덕였다.

"하지만 어쩔 수가 없습니다. 상대가… 중국의 마스터가 개입된 걸로 저희는 판단하고 있습니다."

—……?

테른은 중국의 마스터가 이번 산업 스파이 사건에 개입됐다는 말에 요원을 똑바로 바라봤다.

테른도 현중만큼은 아니지만 다른 방법으로 인간의 진실과 거짓쯤은 판단할 수 있었다. 지금까지 이야기는 굳이 진실인지 알아낼 필요가 없지만 중국의 마스터가 개입됐다는 말은 그냥 흘려들을 수가 없었다.

—사실이군요.

테른이 조용하게 말하자 요원은 어떻게 테른이 알았는지 모르지만 우선 자신을 믿어줬다는 것에 기분이 좋은지,

"네. 저희도 처음에는 설마 하는 생각으로 움직였지만 이미 요원 다섯 명을 잃으면서 얻은 정보입니다."

요원의 말에 테른은 뒤쪽에 서 있는 군인 요원 두 명을 바라봤다.

옷을 입고 있지만 탄탄한 근육에 눈빛에서 마치 칼을 품고 있는 느낌을 받았다. 그만큼 강도 높은 훈련을 받았고, 실제로 살인의 경험까지 있는 것이 확실했다.

몸에 배어 있는 피 냄새가 지금도 테른의 코를 자극하고 있으니 말이다.

―모두 특수요원이겠군요? 뒤쪽의 두 분처럼.

테른이 콕 짚어서 이야기하자 대화를 이끌어가던 요원이 놀랍다는 듯,

"안목이 대단하시군요. 모습만 보고 특수요원인지 알아보시다니."

―사업을 하려면 사람 보는 눈은 필수입니다. 하지만 좀 전의 부탁은 못 들은 것으로 하겠습니다.

테른이 단칼에 마리아를 소개해 달라는 부탁을 거절하자 요원은 쓴웃음을 지으면서 고개를 끄덕였다.

솔직히 크게 가능성을 가지고 방문한 것은 아니었다. 현재 대한민국에는 알려진 마스터가 없었다. 산속에 숨어 있는 고수나 마스터가 있을지는 몰라도 공식적으로는 전무하다. 거기다 마스터가 있다 하더라고 과연 국정원에서 부탁한다고 움직여 줄지도 의문이다.

총알도 아무렇지 않게 피하고 베어버리는 초인을 국정원이라는 계급으로 어떻게 해볼 수는 없으니 말이다.

“역시……."

―국가 공인 마스터는 함부로 움직이지 않습니다. 특히 타국의 일에 개입하는 것은 영국에서 엄격하게 금지하고 있다는 것은 잘 아시리라 생각됩니다.

원칙적인 말을 테른이 하자 요원도 알고 있었다는 듯 고개를 끄덕이면서,

“실례가 많았습니다."

마리아를 동원할 수 없다면 회장실에 온 의미가 없기에 곧바로 일어섰다.

―멀리 못 나갑니다.

테른은 냉정하게 그들을 배웅했고, 요원들이 모두 나갔다.

그런데 모두가 나가자 테른은 소파에 허리를 깊숙이 파묻으며 앉더니,

―시리.

―네, 마스터.

―최석호의 움직임은 왜 보고하지 않았지?

―최석호… 라면 수석 프로그래머 말씀이십니까?

―그래.

―…죄송합니다. 미처… 신경을 쓰지 못했습니다.

테른은 시리를 나무라기 위해서 한 말이 아니었다. 시리도 테른에 종속이 되어 있으니 수동적으로 움직이는 것은 어쩔

수 없었다. 종속이 되다 보니 테른이 명령한 일을 우선적으로 처리하는 것도 당연했다.

하지만 고양이 손이라도 빌리고 싶은 테른의 현재 상황에 약간의 가르침이 필요했다.

언제까지 테른의 그늘에서 머물 수는 없으니 말이다.

―현재 최석호의 상황을 모두 알아보고 보고해라.

―네, 마스터.

그렇게 시리에게 지시를 내린 테른은 창밖을 바라봤다.

―역시 혼자서는 무리인가.

테른이 아무리 마족이고 능력이 좋다고 하지만 결국 혼자였다. 그리고 현재 대동그룹에 활동 반경이 반 이상 잡혀 있다 보니 정작 해야 할 일을 못하는 경우가 발생해 버렸다.

그런데 그렇게 창밖을 바라보던 테른은 쓴웃음을 지었다.

―결국은 다 만나야 할 것은 만나게 되는 법이겠지.

현중이 천하태평으로 가끔 하던 말을 읊조린 테른은 피식 웃었다.

고민은 여기까지였다. 테른이 직접 움직여야 할 일이 생겼으니 이렇게 생각하는 것도 잠시뿐이었다.

―중국 마스터라……. 설마… 그가?

테른도 중국의 마스터를 본 적이 있다. 당연히 마리아와 친분이 있어 보였기 때문이기도 했지만 뭔가 눈동자가 흔들림

없이 굳건한 것이 산업 스파이를 돕는 그런 일을 할 인간으로
는 보이지 않았기 때문이다.

─아무래도 바로슈 백작의 힘을 빌려야겠군.

중국 마스터 백호연에 대한 정보가 거의 없다시피 하기 때
문에 테른은 마리아에게 연락했다. 그녀는 곧바로 회장실로
찾아왔다.

"무슨 말이죠? 중국의 마스터가 산업 스파이와 관련이 있
다니?"

마리아는 테른의 말에 의아해했다.

테른은 우선 마리아를 자리에 앉히고 나서 국정원에게 들
었던 이야기를 해주었다. 전부 들은 뒤 마리아는 어디론가 전
화를 걸어 간단하게 이야기하더니 끊었다.

"그럼 국정원에서 대동그룹의 최석호를 빼내기 위해 산업
스파이를 이용해서 접촉을 하는데 그곳에 중국의 마스터가
있단 말이군요?"

─우선 이야기 전말은 그렇습니다. 물론 저도 예상치 못했
던 일이긴 하지만.

테른은 오희연과 그 5인방이 아닌 엉뚱한 사람이 이야기
중심에 떠오르자 어디서부터 다시 계획을 수정해야 할지 머
릿속이 복잡했다.

그런데 마리아는 그런 테른의 이야기를 듣고는 오히려,

"정말 몰랐나요? 대동그룹에서 구축한 네트워크 구성 방법과 프로그래밍이 얼마나 중요한지?"

오히려 테른이 그걸 몰랐다는 것에 마리아가 놀라워했다. 테른은 그렇게 놀라는 마리아를 똑바로 보면서,

―그렇게 중요한가요?

"…현중 씨의 부하 맞나요?"

―맞습니다.

"…설마 지금 대동그룹의 와이파이 망이 그 엄청난 수요를 감당하면서도 의외로 문제나 과부하가 일어나지 않는 것이 조금 이상하지 않았나요?"

마리아의 말을 듣고 보니 와이파이 망이 설치되면서 중계기 문제로 보고가 올라온 적은 있어도 실제로 서버를 사용하는 사람들이 느리다거나 끊긴다거나 하는 문제가 있다는 보고를 받은 적이 없었다.

―음, 그러고 보니 그렇군요.

사이언톨로지와 카일라제와의 일전에 모든 신경이 쏠려 있던 테른에게 그런 것까지 신경을 쓰고 궁금해할 여유가 없었다. 물론 잘 돌아가기에 전혀 신경을 못 쓴 것도 있고, 이미 오희연이 전담해서 관리하기에 능력과 추진력을 믿고 신경을 쓰지 않은 것도 있었다.

하지만 마리아는 오히려 자기 손에 쥐고 있는 보석을 전혀

몰라보고 있는 테른이 이상하다는 듯 바라봤다.

"사실 영국에서도 대동그룹의 네트워크 구축하는 노하우를 알아오라는 명령이 있었으니까요."

─영국에서요?

다른 나라에서 제법 눈독을 들이고 있는 것은 이미 오래된 듯했다.

"현재 대동그룹이 운영하는 네트워크 구축 방법으로 하면 운영비가 최소 예상 비용보다 1/10으로 줄어드는데 당연히 탐낼 만한 기술이죠. 무엇보다 그 엄청난 양의 정보를 모두 오차 없이 처리하는 알고리즘을 만들어낸 프로그래머가 우리도 궁금해서 알아봤으니까요."

─…….

테른은 마리아의 말을 듣고 곰곰이 생각해 보았다. 우선 운영비가 10억이라고 했을 때 그게 1억으로 줄어드는 것이다. 그게 1년이면 겨우 9억이지만 10년이면 90억을 아낄 수 있다는 말이다. 그 정도면 엄청난 기술이긴 했다.

거기다 이제 시작 단계였다. 얼마든지 보수 유지가 되고 여기서 더 유지비용이 줄어들 수도 있다는 말이다.

"저기… 현중 씨는 언제 와요?"

마리아는 테른에게 거의 귀에 딱지가 앉을 만큼 물어보면서도 질리지도 않는지 틈만 나면 이렇게 물어봤다.

하지만 테른의 대답은 언제나 한결같았다.

—저도 모릅니다.

마리아는 매번 실망하면서도 끊임없이 물어오는 모습에 테른은 참 지독하다고 느끼고 있는 중이었다. 어쩌면 저 지독하면서도 끈질긴 성격 때문에 마스터에 올랐을지도 모른다고 생각했다.

"뭐 올 때 되면 오겠죠?"

—마스터는 오십니다.

테른의 확신에 찬 말에 마리아는 피식 웃으면서,

"지금 그 모습은 현중 씨와 비슷하네요. 흔들림 없는 자기 자신의 믿음은 말이죠. 그보다 백호연 씨가 산업 스파이를 돕고 있다니… 설마……."

어느 정도 어린 나이와 여자라는 특성 때문에 다른 나라의 마스터와 나름 교류를 가지고 있었던 마리아는 백호연이 어떤 성격의 사람인지 잘 알기에 믿어지지 않는 듯했다.

하지만 대한민국의 국정원에서 일부러 찾아와서 말할 정도면 거짓말 같아 보이지는 않았다.

점점 미궁으로 빠져들어 가는 상황에서 서로 몇 마디 이야기를 했지만 마땅한 해결책이 보이지 않고 있는데,

띠링!

마리아의 가방에서 알람 소리가 들렸다. 마리아는 가방 안

에서 W패드를 꺼내더니 살펴보기 시작했다.

"역시나……."

마리아는 메시지를 받았는지 살펴보고는 테른을 향해,

"백호연은 아니에요. 지금 백호연은 티베트에 가 있다고 해요. 벌써 2개월째 티베트 쪽에 거주 중으로 확인됐어요."

조금 전에 명령했던 것이 바로 백호연의 현재 위치를 파악해서 보내라는 것인 듯했다.

그리고 때를 맞춘 듯 시리가 문을 열고 들어왔다.

—회장님.

—뭐지?

회사에서는 철저하게 회장님으로 부르도록 시켜놓아 아직 마리아는 시리가 어떤 존재인지 모르고 있었다. 그냥 절세의 미녀 비서 정도로 생각하고 있을 뿐이었다. 이상하게 현중에 관해서만 귀신같은 촉을 발휘하는 마리아였다.

—한국에 관련된 최석호의 모든 재산이 처분된 것으로 확인됐습니다. 그리고 지금 급하게 차를 몰고 인천항으로 향했습니다.

"인천?"

—인천이라…….

최석호는 해킹 사건으로 인해 나라에서 출국이 금지된 신분이었다. 그렇다면 오직 하나, 밀항뿐이다.

벌떡!

마리아는 갑자기 벌떡 일어서더니,

"어디 중국의 마스터를 사칭하는 녀석의 얼굴이 궁금하네요."

굳이 부탁하지 않아도 마리아가 먼저 인천항으로 뛰어갈 태세였다. 테른은 조용히 일어서면서,

―그럼 먼저 가서 기다리는 것도 좋겠군요.

그 말이 끝나는 것과 동시에 테른은 마리아의 어깨를 잡더니,

스팟!!

한 무리 빛과 함께 사라져 버렸다.

시리는 그렇게 사라진 테른과 마리아를 바라보다가 곧 찻잔과 어질러진 쿠션도 정리하며 조용히 청소를 시작했다.

"현중 씨의 부하가 맞긴 하네요."

테른의 순간이동은 현중과는 조금 달랐다. 하지만 결국 어디론가 마음먹은 대로 이동하는 비슷한 능력이기에, 마리아는 테른을 현중의 부하로 마음속으로 인정해 버렸다.

현중과 같은 능력을 가진 자는 아마 현중과 관련이 있을 것이 분명하니 말이다.

"그보다… 검을 놓고 왔는데……."

마리아는 설마 이렇게 이동할 줄 몰랐기에 자신의 차 트렁크에 검을 놓고 온 상태다.

상대가 중국의 마스터를 사칭한다면 최소한 마스터에 준한 능력을 가지고 있을 텐데 그런 녀석들을 상대로 맨손은 힘들었다.

거기다 언제나 휴대하고 다니던 진압봉도 마침 가방에 넣어놓고 있었는데 몸만 달랑 와버렸으니 현재 맨손인 것이다.

─검이 필요하신가요?

"전 기사이니까요."

한마디로 대답하자 테른은 잠시 생각하더니,

─뭐 마스터께서도 별말 안 하시겠지.

그 말을 끝으로 품에 손을 집어넣은 테른은 롱소드 크기의 붉은 검신의 검을 하나 꺼냈다.

이미 러시아에서 한번 베이스퍼에게 잠깐 빌려준 적이 있기에 마리아에게 검을 빌려줬다고 해서 크게 문제될 것은 없다고 판단한 테른은 현중의 검을 마리아에게 건넸다.

─마스터의 것입니다. 잘 쓰고 돌려주시면 됩니다.

"…이 긴 것이 어디에 있었던 거죠?"

롱소드는 무게도 무게지만 길이가 상당히 길었다. 하지만 현재 테른은 세미 정장 차림이다. 그런데 그런 테른이 품속에 손을 넣었다 꺼내자 무슨 도깨비 방망이도 아니고 검이 튀어나온 것이다.

거기다 테른이 넘겨준 붉은 검을 잡아본 마리아는 상당히 놀랐다.

"이거… 균형이 너무 잘 맞아."

일반 검을 다루는 사람들은 그냥 검을 쥐고 휘두를 뿐이지만 마리아 정도의 능력을 가지게 되면 자신의 무기가 아닌 경우 거의 본능적으로 무기의 무게와 균형을 손에 잡는 순간 느낄 수 있는 경지에 이르게 된다.

일반적으로 검날과 손잡이 부분을 봤을 때 손잡이 끝부분과 검날이 만나는 지점에서 자신의 손으로 한 뼘 정도 위쪽이 균형의 중심이 되는 것이 가장 좋다. 그건 손잡이가 무거우면 검날이 가벼워지고, 가볍다는 말은 검에 힘이 실리지 않는다는 것이기 때문이다.

반대로 검날이 무겁고 손잡이가 가벼우면 검을 휘두르는 사람의 손목과 팔에 엄청난 부담이 되었다. 즉, 몸이 망가진다는 것이다. 특히나 롱소드 같은 경우는 균형이 정확하게 잘 맞을수록 좋은 검이고 명검으로 인정했다.

그만큼 검의 균형과 중심을 잡는 것이 지극히 어렵고 힘들다는 것이다.

모르는 사람들은 검의 균형이 무슨 상관이 있겠냐고 하겠지만 실상은 완전히 달랐다.

검의 균형이 잘 맞는 경우 검을 휘두를 때 힘을 배분하는 것이 훨씬 쉬워지고 그만큼 검을 휘두르는 게 편해진다.

편하다는 말은 자신의 본 실력을 모두 발휘할 수 있다는 말도 되었다.

하지만 검의 균형이 맞지 않게 되면 힘을 배분하면서 검을 휘둘러야 되니 제 실력을 발휘할 수가 없다.

그래서 기사들은 자신에게 맞는 무기를 꼭 가지고 다니는 편이었다. 일반적으로 찍어낸 무기로는 아무래도 민감하게 반응하는 게 마스터들이다.

그런데 테른이 넘긴 검을 잡는 순간 자신의 검보다 더 균형이 잘 맞고 마치 누구에게나 딱 맞도록 검의 균형이 맞춰진 듯 손에 착 감기는 느낌에 놀란 것이다.

―나름 이름 있는 명장이 만든 겁니다.

마리아가 검을 보는 눈이 좋자 테른은 한마디 덧붙였다.

"굉장하네요. 이런 검이 아직 존재한다니. 거기다 이거 가벼우면서도 내려칠 때는 묵직한 느낌이 드는 것이… 처음이에요, 이렇게 균형이 잘 맞는 검은."

베이스퍼는 본래 일본식 외날의 카타나를 주로 사용했기에 현중이 검을 빌려주었을 당시 얼마나 좋은 명검인지 몰랐다. 하지만 롱소드를 주로 사용하는 마리아는 손에 잡는 순간 정신이 혼미해질 만큼 굉장하다는 것을 바로 알아차렸다.

붕~ 휙~ 휙~

시험 삼아 휘둘러본 후 마리아는 역시나 자신의 느낌이 맞았다는 것을 알고는 함박웃음을 지었다. 거의 일만 자루를 만들면 한 자루 나올까 말까 할 만큼 엄청난 검이었다.

거기다 가벼우면서도 막상 내려치거나 공격할 때는 마치 검이 마리아의 마음을 알기라도 한 듯 무거워졌다.

그냥 휘두를 때는 가벼운 바람 소리가 났지만 약간의 살기를 실어 내려치자,

붕~

소리부터 완전 달라진 것이다.

이처럼 검의 매력에 완전 넘어가 버린 마리아를 보면서 테른은,

─신검을 쓰기 전까지 마스터께서 쓰시던 검이 평범한 검일 리 없지. 크크큭.

그렇다. 이건 바로 현중이 대륙에서 마족을 때려잡을 때 쓰던 검이다. 대륙의 최고의 명장이라 불리는 자가 자신의 혼을 불어 넣어 만든 두 자루의 검 중 한 자루인 것이다.

비록 신검이 현중의 손에 들어오면서 테른의 아공간에 머무는 신세이긴 했지만 지구에서는 절대로 찾아볼 수 없는 금속으로 만들어진 검이었다.

거기다 시간이 지나면 스스로 웬만한 흠집이나 자잘한 상

처는 회복이 되는 것까지 거의 에고소드에 가까운 검이었다. 다만 마족의 피를 너무 먹어서 그런지 에고소드가 되지 못한 것이 단점이라면 단점일 것이다.

─어지간히 마음에 들었나 보군.

테른은 완전 검에 시선과 정신이 빼앗겨 버린 마리아의 모습을 보고서는 고개를 돌리다 우연히 창문에 비친 자신의 모습을 봤다.

─굳이 마스터의 모습을 하고 있을 필요가 없지. 혹시나 나중에 귀찮아질지도 모르고.

현중의 모습을 하고 싸울 수는 없었다. 거기다 국정원의 요원들도 있을 테니 말이다.

─오랜만에 본래의 모습으로 돌아가 볼까.

현중이 떠나고 나서 현중의 대역을 하느라 24시간 현중의 모습을 한 채 생활한 게 1년 가까이 되었다. 오랜만에 테른은 자신의 본래 모습으로 돌아가리라 마음먹고 마법을 풀기 시작했다.

검고 얇은 막이 하나씩 갈라지더니 천천히 테른의 몸에서 벗겨졌고, 벗겨진 막은 땅에 닿기 전에 연기처럼 사라져 버렸다.

그리고 곧 본래의 색기가 흐르는 금발의 테른의 모습이 드러났다.

―오랜만이군, 내 얼굴을 보는 게.

현중의 모습도 좋지만 역시나 테른은 본래의 자신의 얼굴
이 좋았다. 수천 년을 봐온 얼굴이니 말이다. 그런데 옆에서
그 모습을 지켜본 마리아는,

"…설마… 본모습이에요?"

방금 전까지 현중이 있었는데 잠깐 한눈판 사이에 현중이
아닌 금발의 색기가 흐르는 절세의 미남이 서 있자 물어본 것
이다.

마리아의 질문에 테른은 고개를 끄덕이면서,

―정식으로 소개하겠습니다. 마스터의 심복이자 충실한
부하인 테른이라고 합니다.

귀족들의 예법에 맞춰서 허리를 숙여 인사하자 마리아는
자신도 모르게 바지를 입고 있는데도 드레스를 입은 것처럼
양손으로 제스처를 취하면서 테른의 인사를 받았다.

"…현중 씨 못지않군요. 테른 씨도."

마리아가 말하는 것은 바로 얼굴과 분위기였다.

현중이 뭔가 알 듯 말 듯 알쏭달쏭한 수수께끼 같은 매력이
라면 테른은 완전 반대였다. 색기가 흐르고 보는 이로 하여금
한번 안기고 싶다는 충동이 일게 하는 묘한 매력이 느껴진 것
이다.

현중이 숨겨진 매력이라면 테른은 완전히 다 드러나 있지

만 오히려 그렇기에 여성의 마음을 흔드는 무언가가 있었다.

—마스터의 부하니까요.

간단하게 말을 끝낸 테른은 주변을 둘러보다가 곧 한곳에 시선을 고정했다.

—왔군요.

"……!"

테른의 말은 조용하지만 확실하게 마리아의 귀에 들렸다. 그녀가 시선을 돌리자 검은색 승용차 한 대가 그들이 서 있는 창고 앞쪽으로 들어가고 있었다.

그런데 테른은 조금 더 뒤쪽을 바라보더니 혀를 찼다.

—역시나 따라왔군.

테른의 시선에 들어온 것은 바로 최석호를 따라온 국정원 요원들이었다. 차를 세 대에 나눠 타고 조용히 뒤쪽에 차를 세운 요원들은 권총을 꺼내더니 곧장 움직이기 시작했다.

"어떻게 할 거죠?"

마리아는 테른에게 의사를 물었다. 신비한 능력을 가지고 있고 현중의 부하라고 자처하는 테른이라면 지금의 이런 상황쯤은 아무렇지 않게 처리할 수 있을 것이다.

이곳은 영국이 아니기에 마리아가 먼저 나서기에도 조금 껄끄러운 부분이 많다. 그래서 물어본 것인데 테른은 오히려 자리에 앉아버렸다.

“……?”

—우선 구경하죠. 국정원 쪽에서 먼저 건드려 준다면 중국 쪽의 마스터가 모습을 드러내겠죠.

테른에게 최석호의 배신 따위는 어차피 크게 신경 쓸 일이 아니었다. 이런 테른의 반응에 마리아도 잠시 생각하더니 곧 테른과 같이 창고 지붕에 엉덩이를 깔고 앉았다.

“하긴 남의 나라 일에 내가 끼어드는 것도 실례이겠군요.”

마리아도 중국의 마스터라는 녀석이 궁금했을 뿐 굳이 국정원의 요원들과 마찰을 일으키고 싶은 생각은 없었다. 철저하게 마리아에게는 남의 나라 일이었다. 현중과 관련되지 않았다면 결코 신경조차 쓰지 않았을 것이다.

테른과 마리아가 구경꾼으로 창고 지붕에서 조용히 지켜보고 있는 가운데 일은 진행되고 있었다. 최석호가 커다란 가방을 차 트렁크에서 꺼내더니 곧장 10미터 정도 항구 끝에 정박해 있는 허름한 어선 한 척을 향해 빠르게 걸어가기 시작했다.

“최석호!! 국가보안법 위반으로 체포한다!!”

최석호가 몇 미터 움직였을까? 국정원 요원들이 갑자기 들이닥치면서 최석호를 에워싸기 시작했다.

나름 해병대를 나오고 덩치가 있는 최석호지만 현직 요원들을 상대로는 어림도 없었다. 거기다 현직 특수부대원들까지 함께 있으니 그대로 꼼짝 마라였다.

곧바로 최석호는 국정원 요원에 의해 두 손에 수갑이 채워지고 별일 없이 체포되었다.

이 모습을 지켜보던 테른과 마리아는 동시에,

―너무 싱겁군.

"이렇게 쉽지 않을 텐데……."

두 사람 다 너무 순조롭게 일이 풀린다고 생각하면서 한마디 했을 때,

펑!!

쾅!! 펑!!

갑자기 항구 바깥쪽에서 커다란 폭발음이 들리더니 검은 연기가 치솟았다. 테른이 시선을 돌려 보자 폭발음의 원인은 바로 국정원 요원들이 타고 온 승용차가 터지는 소리였다.

그리고 갑자기 붉은색 천으로 온몸을 휘감은 듯한 녀석들이 사방에서 쏟아져 나왔다.

무기는 들고 있지 않았지만 중국 무술의 종류와 여러 가지를 생각할 때 빈손이라고 절대로 안심해서는 안 되었다. 암기류도 많고 사람을 죽이는 기술이 가장 많이 발달한 곳이 바로 중국이었으니 말이다.

"쳐라!!"

"막아라!!"

　순식간에 국정원 요원들을 에워싼 붉은 무리가 달려들었
다. 커다란 파도가 모래를 휩쓸 듯 압도적인 숫자로 밀어붙이
자 국정원 요원들로서는 속수무책이었다.

　권총을 발포했지만 그것도 한두 명이어야 위력을 발휘하
지 거의 50명이 넘는 무리가 사방에서 달려들자 상대가 되지
않았다. 제법 숫자가 되는 국정원 요원들이 바닥에 나뒹굴기
까지 그리 오랜 시간이 걸리지 않았다.

　국정원이 모두 바닥에 나뒹구는 모습까지 본 테른은 그제
야 엉덩이를 창고 지붕에서 떼면서 일어섰다.

　"갈 건가요?"

　마리아가 묻자,

　—이제 감시의 눈도 없으니 저의 볼일을 봐야겠죠? 눈 뜨
고 최석호를 뺏길 수는 없으니까요.

　"그럼 저도 따라갈게요."

　테른이 움직이자 마리아도 곧바로 따라 움직였다. 테른이
준 검을 손에 꼬옥 쥐고서 말이다.

　"얼른 서둘러라!"

　국정원 요원을 모두 처리한 붉은 옷의 녀석들은 빠르게
최석호를 데리고 자신들이 준비한 어선으로 빠르게 이동했
다.

하지만 그들의 걸음은 몇 미터 가지도 못하고 멈춰야만 했다.

검은색 세미 정장에 금발의 남자가 길 한복판을 막아섰기 때문이다. 거기에 금발의 굉장한 미녀도 금발의 남자 옆에 서 있다. 물론 어울리지 않는 붉은색 롱소드를 손에 들고서 말이다.

"……."

붉은 옷을 입은 녀석들은 잠시 테른과 마리아를 바라봤다. 아무리 봐도 동양인은 아니다. 머리색부터가 이미 금발이니 말이다. 하지만 자신들을 막아섰다는 것에 아주 찰나의 고민을 하는 듯하더니,

"치워라!"

왼쪽 팔목에 검은색 띠를 두른 녀석이 한마디 하자 순식간에 테른과 마리아를 둘러쌌다.

쓰윽.

아무것도 없던 맨손을 몇 번 흔들자 송곳과 같은 한 뼘 길이의 암기가 전원에게 들려 있다. 중국의 암기 중 하나인 아미자(峨嵋刺)였다.

아미자는 30센티 정도의 길이에 도금이 된 철봉이며, 양끝이 화살처럼 예리했다. 철봉 중간에 반지처럼 생긴 고리가 달려 있었고, 철봉의 고리에 중지를 끼워 넣고 빙글빙글 돌리면

빛이 반사하기 때문에 반짝거려 상대방을 현혹시킬 수 있었다.

아미자(峨嵋刺)의 사용법은 그 끝이 예리하긴 하나 칼날이 없기 때문에 주로 찌르는 것이 목적이지만, 끝으로 상대방의 살을 찢어놓을 수도 있었다.

한마디로 보기에는 참 단순하지만 쉽게 숨길 수 있고 손가락을 걸 수 있는 고리가 있어 다룰 줄만 알면 웬만한 검보다 확실히 암기로서 좋은 무기였다.

그제야 마리아와 테른은 왜 맨손인데도 요원들이 그렇게 쉽게 쓰러졌는지 이해가 되었다.

아미자를 사용해서 급소를 공격하면 아무리 특수 훈련을 받았다고 해도 무리였다. 이들 또한 무술을 단련한 몸이었기에 접근전에서는 권총보다 아미자 같은 암기가 훨씬 강력한 위력을 발휘할 수밖에 없었다.

―음…….

무려 40명이 넘는 붉은 무리가 자신들을 둘러싸고 있지만 마리아나 테른 둘 다 눈꼽만큼의 긴장감도 찾아볼 수 없었다. 오히려 테른은 심드렁하다는 표정이고 마리아도 아미자를 이미 알고 있는 듯 놀라거나 신기해하지도 않았다.

테른도 대류과 다른 지구의 무기와 과학의 발달을 가장 먼저 습득했기에 아미자를 알아볼 수 있었다. 물론 실물로 보는 건 이번이 처음이다.

보기에는 쇠로 만든 조금 큰 송곳처럼 생긴 무기였지만 국정원 요원들이 숫자가 몇 배나 많았는데도 순식간에 쓰러진 것을 보면 확실히 위협적이긴 한 것이다.

물론 마스터인 마리아나 마족 서열 50위에 있는 테른에게는 그저 애들 장난감 수준이지만 말이다.

"테른 씨가? 아니면 제가 할까요?"

마리아가 테른을 보면서 물었다. 아마 이곳이 타국이기에 쉽게 나서지 못하는 듯했다.

그녀는 약간 고지식한 면이 있어 그렇게 물어본 것이다. 하지만 테른은 마리아의 눈동자에서 당장에라도 튀어나가 마음껏 휘젓고 싶어하는 욕망을 읽었다.

─그럼 레이디 퍼스트… 라고 할까요?

테른이 은근슬쩍 마리아에게 양보하자 마리아도 기다렸다는 듯,

"뭐, 테른 씨가 원한다면 양국의 관계를 위하고 사업 파트너를 돕는다는 생각으로."

은근히 핑계거리를 만들면서 슬쩍 한 발 앞으로 나서는 마리아는 이미 온몸의 마나가 활성화된 상태로 전투 준비가 끝나 있었다.

스윽!

마리아가 앞으로 나서자 붉은 무리는 뭔가 이상한 것을 느꼈는지 잠시 주춤거렸다. 하지만 그것도 잠시, 마리아를 타깃으로 잡고 정면에 있던 다섯 명이 동시에 달려들었다. 아무래도 여자이고, 겉으로 보기에도 테른보다는 약해 보이기에 내린 판단이었다.

절도 있는 움직임.

달려드는데 발소리까지 똑같을 만큼 정확한 호흡을 보니 결코 어중이떠중이는 아닌 게 확실했다.

타타타타탁!!

마리아의 곁으로 거의 다가왔을 때 갑자기 다섯 명 중에 두 명이 마리아의 양쪽 옆으로 퍼지면서 옆을 장악했다. 남은 세 명 중 하나는 위로, 하나는 중앙으로, 하나는 아래를 향해 분리되었다.

마치 커다란 붉은 이빨이 마리아를 집어삼키기 위해 아가리를 쩌억 벌리는 것 같은 형상이다.

너무나 일사불란하고 척척 맞는 호흡에 그런 착각을 일으키기에 충분했다.

마리아도 이런 움직임을 직접 맞이하고 나서야 국정원 요원들이 결코 약해서 진 게 아니라는 것을 깨달았다.

하지만 그건 국정원 요원 같은 일반인들에게나 통하는 실력이다.

척!

붉은 이빨이 마리아의 온몸을 찢어버릴 듯 덮쳐오는 그 순간 마리아의 눈빛이 낮게 깔리더니,

휙휙휙휙!

가벼운 네 번의 붉은색 검흔이 번쩍거렸다. 조용히 다시 마리아가 검을 회수했을 때는,

털썩, 털썩, 털썩.

커다란 붉은 이빨이 너무나 허무하게 허물어져 버렸다.

"……!!"

단 네 번이었다. 마리아가 검을 휘두른 것은, 붉은 검신 때문인지 선명하게 붉은 번쩍임이 보였으니 말이다. 하지만 그 뒤의 흔적은 무섭도록 위력적이었다.

정확하게 목이 반쯤 잘린 채 그 자리에서 절명해 버린 다섯 명의 시신만이 마리아 옆에 쓰러져 있었으니 말이다.

"……."

왼쪽 팔목에 검은색 띠를 두른 녀석은 마리아의 칼놀림을 보고는 눈이 찢어질 만큼 놀랐다. 서 있는 자세 그대로 한 발자국도 움직이지 않았고, 검을 준비하는 발검 자세도 없었다. 하지만 마리아가 검을 어떻게 휘둘렀는지는 나중에 부하의 목에서 피가 치솟는 것을 보고 나서야 알게 된 것이다.

"쳐라!!"

한꺼번에 덮치는 것이 가장 확실하다고 판단한 우두머리가 외치자 일제히 붉은 무리가 덮쳐들었다.

사방에서 붉은색의 송곳이 들이닥치는데 조금 전과는 비교도 되지 않을 엄청난 크기의 이빨이 하늘에서 내리찍는 듯했다.

하지만,

"별거 아니네."

—쩝. 원한 건 이런 녀석들이 아닌데…….

테른과 마리아는 자신들이 서 있는 곳에서 단 한 발자국도 움직이지 않은 채 서 있었다. 그들 주위에는 목에서 피를 뿜은 채 죽어 있는 시체가 반, 얼굴이 함몰되어 본래의 얼굴 모양을 알아볼 수 없는 시체가 반이었다.

그리고 그렇게 붉은 무리가 죽어 나가는 데 걸린 시간은 불과 10초였다.

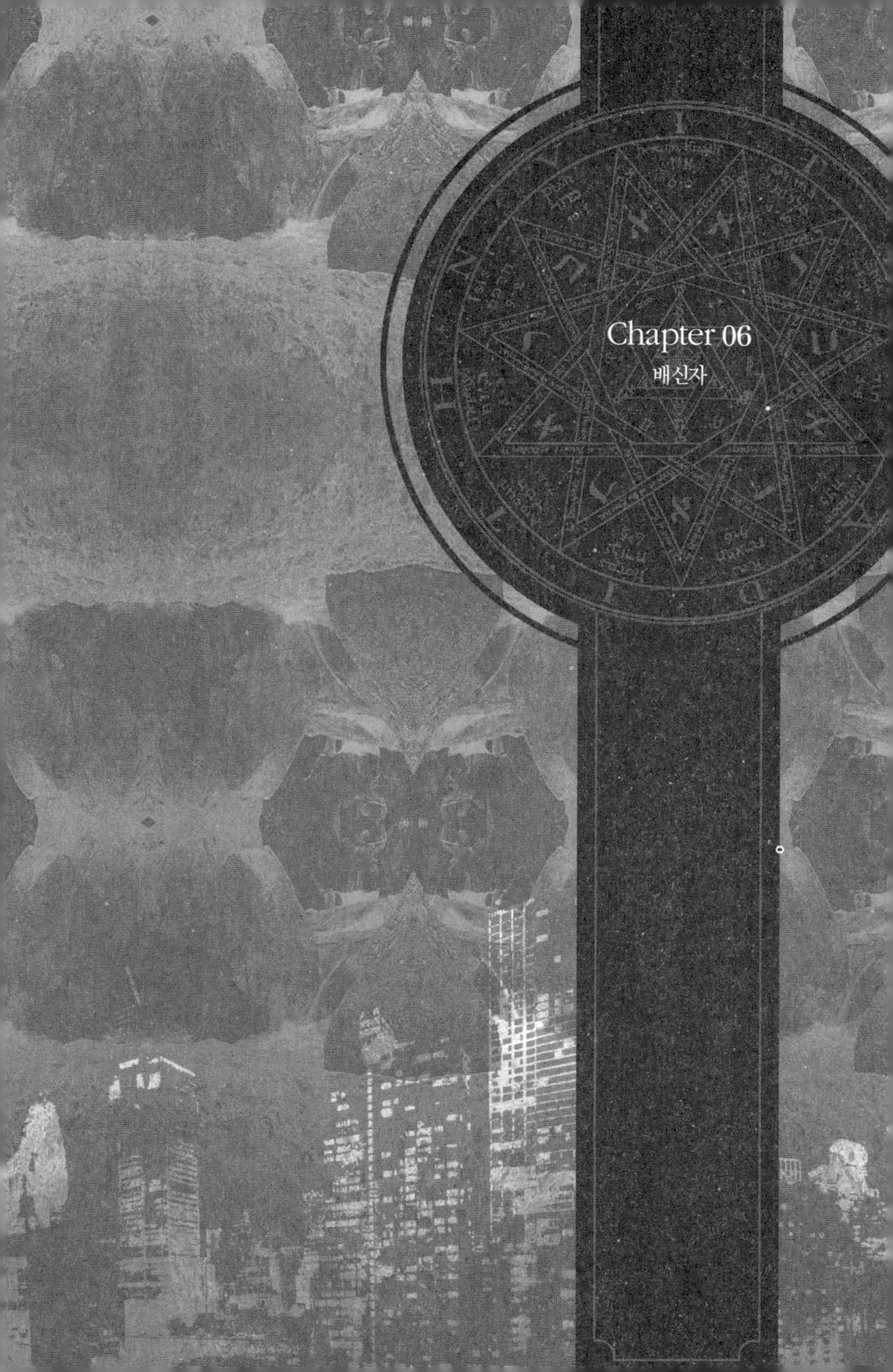
Chapter 06
배신자

　붉은 빛이 회오리치듯 붉은 무리를 향해 몰아쳤고, 테른의 주먹이 마치 벽이라도 만든 듯 붉은 무리를 막아섰을 뿐인데 결과는 참혹했다.

　마리아와 테른을 제외한 단 두 명 외에는 인천의 작은 항구에 시체로 쌓여 있으니 말이다.

　"어, 헉헉… 헉헉……"

　최석호는 방금 그 모습을 보고는 그 자리에서 주저앉더니 오줌을 싸버렸다. 사방에 피 냄새가 진동했다.

　죽었지만 사후 경직 현상으로 꿈틀거리는 시체가 몇몇 눈

에 띄었다. 최석호로서는 처음 보는 장면이었고 그만큼 충격
적이었다.

"우엑!! 우엑!!"

결국 진한 혈향에 최석호는 헛구역질까지 하기 시작했다.

반면 혼자 최석호의 곁에 남아 있던 붉은 무리의 우두머리
로 보이는 녀석은 마리아와 테른에게서 시선을 떼지 못했다.

강했다. 이건 강하다는 말로 표현할 수 없을 만큼 강했다.

자신이 끌고 온 부하들은 모두 다섯 살 때부터 암살 훈련을
받은 녀석들로 개개인의 전투력도 웬만한 특수부대원을 구워
삶아 먹을 수 있는 기량을 가지고 있었다. 그 증거로 국정원
의 요원들을 아무런 어려움 없이 처리했으니 말이다.

하지만 갑자기 나타난 금발의 남녀에게 처참하다 못해 불
쌍하게 생각될 정도로 속수무책으로 죽어 나가 버린 것이다.

"…누구냐?"

조용히 입을 떼자 마리아는 테른을 한 번 보더니 한 발짝
뒤로 물러서 테른의 뒤로 자리를 옮겼다. 이제부터는 테른의
일이니 알아서 하라는 뜻이다.

―후후훗.

테른도 그런 마리아의 행동에 살짝 웃고는 천천히 걸어가
면서,

저벅.

─회사 직원을 빼내 가는데…….

저벅.

─그냥 넋 놓고 있을 거라고 생각했나?

저벅.

─세상엔 쉬운 게 없는 법이지. 안 그래?

저벅.

테른은 한 발 걸어갈 때마다 한마디씩 하면서 정확하게 홀로 남은 붉은 무리의 녀석과 1미터 정도 거리에서 딱 멈춰 섰다.

그리고 최석호를 한번 바라보고는,

─우선 나중에 너에게 직접 묻겠다. 배신의 대가가 어떤 건지 말이야.

"흐억!"

털썩.

아주 잠깐이지만 테른은 살기를 뿜어내 최석호를 압박했다. 불과 1초의 짧은 시간이었지만 최석호는 버틸 수 없는 살기로 인해 그대로 기절해 버렸다.

그런데 테른의 그런 모습을 본 우두머리는 온몸에 피가 식는 느낌이었다.

'살기를 다룬다.'

무술의 고수들만 사용한다는 살기로 상대를 제압하는 능

력을 너무나 손쉽게 보여주는 테른의 모습에 머릿속이 복잡
하기만 했다.

까딱~

테른은 서 있는 자세 그대로 손가락을 까딱거려 우두머리
에게 오라는 신호를 보냈다. 물론 신호지만 누가 봐도 도발이
었다. 손가락을 까딱거리면서 오라고 손가락질하니 말이다.

우두머리는 그런 테른의 행동에 피가 거꾸로 솟는 듯 분노
가 치밀었지만 손가락 하나 까딱할 수 없었다.

자신이 어떻게 해볼 수 있는 수준을 넘어섰다는 것을 느꼈
기 때문이다.

강하다. 아니, 강하다는 말로는 표현이 안 되었다. 괴물이
라는 표현이 맞을 것이다.

“…홍건에 영광이 있으라!!”

테른의 도발 때문인지 갑자기 우두머리는 크게 외치고 테
른을 향해 뛰어들었다. 양손에는 어느새 아미자를 뽑아 들고
마치 커다란 독수리가 발톱으로 먹이를 향해 내리찍듯 재빠
르고 간결하게 말이다.

하지만,

퍼걱!

털썩! 철퍼덕!

우두머리의 아미자는 테른의 옷깃 하나 건드려 보지 못하

고 테른의 라이트 훅 한 방에 달려든 속도보다 더 빠르게 뒤
로 날아가더니 물웅덩이에 떨어졌다.

하지만 테른이 죽이려고 마음먹고 친 것이 아닌지 비틀거
리면서도 다시 일어서는 우두머리였다.

"쿨럭! 저대로 이다라 므나즈지 아느다!!"

턱이 부러져서인지 말을 잘 알아들을 수 없지만 대충 절대
로 이대로 무너지지 않는다고 말하는 듯했다. 마지막 발악에
가까운 우두머리의 몸부림이었지만,

덥석!

테른의 손에 목이 잡혀 버린 순간 그의 마지막 발악도 끝나
버렸다.

―이런 턱이 망가져 버렸군. 쯧쯧, 어쩌나?

테른은 자신이 부러뜨려 놓고도 안타깝다는 듯 혀를 차더
니 그대로 우두머리의 부러진 턱뼈를 손으로 잡았다.

뿌드득, 우직!

힘으로 비틀어진 턱을 잡아당겨 원래의 자리로 돌려놓았
다.

"크악!!"

부러진 턱뼈를 무시하고 강제로 턱을 제자리로 돌렸으니
그 고통이 얼마나 심했겠는가?

턱이 제자리로 돌아오자 가장 먼저 우두머리의 입에서 나

온 것은 고통이 가득한 비명 소리였다.

마리아는 그런 테른의 행동에도 별다른 반응이 없었다.

기사는 적에게 자비를 베풀어서는 안 된다. 특히 배신자를 처벌할 때는 한 치의 흔들림도 용납되지 않는 것이 기사였다.

기사들이 가장 싫어하는 것이 바로 배신자였다. 배신자를 돕는 녀석들도 배신자나 다름없었다. 비록 타국의 일이지만 세계 어디나 배신자는 가장 먼저 처리해야 하는 1순위였다.

만약 영국에서 이런 일이 일어났었다면 마리아가 직접 테른보다 더욱 잔인하게 했을 것이다.

왕실을 지키는 검이라는 칭호는 그냥 내려지는 것이 아니다. 그 어떤 경우에라도 국익에 해가 되는 일이 발생한 경우 처절할 만큼 응징의 검을 내리는 것 또한 왕실을 지키는 검의 칭호를 받은 마리아가 할 일이었으니 말이다.

과거 MI-6에서 배신자들을 찾아내고 나서 가장 먼저 마리아가 한 것은 배신자들의 처분을 여왕에게 보고하고 처분을 일임받는 것이었다. 그후 그들은 서류상으로도 실제로 더 이상 영국에 존재하지 않는 사람들이 되었다.

―마스터는 어디에 있지?

테른은 별다른 질문도 없었다.

배후가 누구인지, 누구의 사주를 받았는지, 누가 시켰는지 같은 당연하게 나와야 할 질문은 하지 않고 갑자기 마스터가 어디에 있느냐니? 우두머리는 테른의 질문에 순간 멍해졌다.

―뭐… 말할 순 없겠지. 그렇지?

마치 말하지 않아도 된다는 듯 말한 테른은 목을 잡고 있던 손을 우두머리의 머리로 가져가더니,

―말 안 해도 돼. 내가 직접 알아낼 테니까.

우두머리의 머리를 잡은 손에 마기를 흘려보내기 시작했다.

그때,

"크억!! 쿨럭! 컥컥!"

―……?

우두머리가 갑자기 눈, 코, 입, 귀 등 칠공에서 피를 흘리더니 눈동자를 허옇게 뒤집어 깐 채 죽어버렸다.

테른이 잠시 이미 죽어버린 우두머리를 바라보았다. 시체에서 마기가 느껴졌다.

씨익~

현중을 닮아가는 건지 현중처럼 한 번 씨익 웃어준 테른이 갑자기 사라졌다.

"엇? 테른 씨?"

갑자기 테른이 사라지자 뒤에 있던 마리아가 당황하면서 테른이 있던 곳에 다가왔다. 칠공에서 피를 흘리면서 죽어 있는 우두머리 시체만 그곳에 남아 있다.

“이게 어떻게 된 거지?”

조금 떨어져 있어 영문을 모르는 마리아는 혹시나 테른이 죽었나 하는 생각이 들었지만 죽일 거라면 초반에 죽였을 것이다. 일부러 턱만 돌아갈 만큼 때려서 반항할 힘을 없앤 것은 당연히 죽일 생각이 없었다는 뜻인데 갑자기 우두머리가 죽어버리고 테른이 사라졌다.

척!

마리아는 잠시 생각하더니 곧바로 검을 세워 잡으면서 주변을 경계했다. 테른이 홍건의 우두머리를 죽이지 않았다면 다른 존재가 있다는 말이다.

“어디 있지?”

테른이 그것을 쫓아서 사라진 것 같지만 마리아는 마나를 활성화하면서 모든 신경을 주변을 살피는 데 집중했다.

하지만 10분이 지났을까? 아무리 경계해도 쥐새끼 하나 흔적을 느낄 수 없자 마리아도 슬슬 피로감을 느끼기 시작할 무렵, 사라졌던 테른이 나타났다.

스르륵.

“테른 씨, 그건……?”

홀로 사라졌던 테른이 다시 돌아왔을 때는 양손에 무언가 시커먼 것이 꿈틀거리는 것을 쥐고 있었다. 무언가 문어처럼 연체동물을 연상시키는 형체 때문에 마리아는 자신도 모르게 몇 발걸음 뒷걸음질 쳤다.

　—마물입니다.

　테른은 별것 아니라는 듯 말했지만 마리아는 테른의 대답에 금방 이해가 되지 않았다.

　"마물? 그게 뭐죠?"

　—지구에 있어서는 안 되는 존재라면 이해가 되겠습니까?

　"……."

　오히려 테른의 설명이 더욱 마리아의 머릿속을 복잡하게 했다. 마물, 지구에 있어서는 안 되는 존재. 순간 마리아의 머릿속에 떠오르는 것은…….

　"설마… 외계인이 마물인가요?"

　마리아에게는 마물이라는 단어 자체가 생소했기에 나름대로 추리하다 보니 외계인이 나온 것이다. 그런데 테른은 그냥 피식 웃고는,

　—한번 자세히 보시겠습니까? 앞으로 이런 녀석들을 자주 봐야 할 텐데…….

　서슴없이 문어 같은 연체동물 모양의 마물을 마리아 앞에 내밀었다.

　"꺄악!"

　설마 기사라고 하지만 여자인 자신에게 서슴없이 내밀 줄은 몰랐던 마리아는 놀라서 한순간 마나를 활성화시켜 1미터

나 뒤로 뛰어서 피해 버렸다.

―이런, 겨우 이런 하급 마물에 겁먹으면 앞으로 마족을 어떻게 상대하려고… 쩝.

현중은 마리아도 카일라제와의 싸움과 사이언톨로지와의 접전에서 필연적으로 필요하게 될 것으로 생각하고 있었고, 테른도 마찬가지였다.

때문에 마물을 잡은 테른은 곧바로 소멸시키려다 사람을 이해시키는 데 백 마디 말보다 한 번 보여주는 게 더 확실하다는 생각에 그대로 손에 쥐고 다시 돌아온 것이다.

하지만 보통의 여자들은 살아 있는 문어가 꿈틀거리는 것을 별로 좋아하지 않는다. 특히나 마리아 같은 경우 귀족의 자식으로 살아 있는 문어같이 연체동물의 움직임 자체를 싫어하고 질색하는 편이어서 테른이 잡아온 마물은 보는 것만으로도 온몸에 소름이 끼쳤다.

"그거… 그냥 치워주세요. 그냥… 제가 싫어하는 거라……."

마리아가 당황했는지 말까지 더듬으면서 말하자 테른은 굳이 싫다는데 더 이상 가지고 있을 필요는 없다고 생각했다. 이미 처음의 목적인 마물의 존재를 눈으로 확인시켜 주는 것은 성공했으니 말이다.

퍽! 퍽!

테른이 간단하게 양손의 마기를 사용해서 마물을 소멸시키자 검은 연기가 피어오르면서 그대로 산화되어 사라져 버렸다. 하지만 마물이 얼마나 독한지 검은 연기가 한참을 하늘로 올라가다가 사라졌다.

"그거… 도대체 뭐예요? 에어리언? 외계인? 설마 괴물?"

마리아는 테른의 손에서 마물이 완전히 소멸하는 것을 확인하고 나서야 다시 다가와서는 질문했다. 테른은 오히려 어떻게 설명해야 할지 고민했다. 있는 그대로 다 이야기해야 하는 건지 아니면 약간의 각색이 필요한지 말이다.

어차피 나중에 맞닥뜨릴 것을 생각해 이해를 하든 하지 못하든 있는 그대로 설명하기로 했다.

하지만,

삐오~ 삐오~ 삐오~

저 멀리서 사이렌 소리가 요란하게 울리면서 경찰과 소방차가 다가오는 바람에 우선 자리를 옮기기로 했다.

먼저 테른은 기절한 최석호의 머리끄덩이를 잡고서 질질 끌고 마리아 곁으로 다가와서는,

―돌아갈까요?

"…아, 네……."

배신자이고 기절했다지만 그래도 사람인데 머리채를 움켜잡고 질질 끌고 와서 평온한 얼굴로 돌아가자고 말하는 모습

이 너무나 언밸런스해서 순간 당황한 마리아였다.

스팟!

그렇게 현장에서 테른과 마리아, 그리고 최석호는 사라져 버렸다.

그들이 사라지고 난 다음 경찰차 서너 대가 급히 항구 안으로 들어왔다. 급브레이크를 잡은 차 안에서 경찰들이 쏟아져 나왔다. 그들이 주변을 경계하면서 살펴보는데 발견한 것은 오로지 시체뿐이었다.

"어라? 국정원 직원인데요?"

경찰 하나가 죽어 있는 국정원 요원의 몸을 수색하다가 발견한 것을 보여주면서 말하자 현장 책임자는 난감한 표정을 지었다.

"이거… 뭐라고 보고하죠?"

국정원 요원까지 살해된 채 발견된 상황이다. 대충 국정원 요원들의 상처와 붉은색 옷을 입은 녀석들의 무기가 일치하는 것을 보아 서로 싸우다가 전멸한 것으로 생각되는데 그러기에는 뭔가 이상한 것이 많았다.

하지만 국정원이 관계된 일에 경찰이 나서봐야 어차피 검찰이나 다른 곳으로 넘어갈 사건이라서 우선 현장 사진과 필요한 증거품만 수집하기로 했다.

국정원이 움직였다는 건 결코 보통의 사건이 아니라는 말이다. 이런 것은 그냥 적당히 모른 체하는 게 경찰로서는 뒤탈이 없다는 것을 경험으로 잘 알고 있었다.

이렇게 조용하게 인천항구사건이 마무리되어 가는 상황에 테른과 마리아는 회장실에 돌아와 있었다.

털썩!

기절한 최석호를 그대로 집어 들어 구석에 던져 버린 테른은 곧바로 현중의 모습으로 탈바꿈했다. 현중이 돌아오기 전까지는 싫든 좋든 대역을 해야 하니 어쩔 수 없었다.

"신기하네요, 정말."

마리아는 자신의 눈앞에서 테른이 현중의 모습으로 바뀌는 것을 보고는 신기하다는 듯 바라봤다. 그러면서 저 방법을 배우면 굳이 힘들고 위험하고 비싼 성형 수술을 할 필요가 없을지도 모른다는 생각을 했다.

하지만 테른과 눈이 마주치는 순간 역시나 차가운 눈빛은 현중이 아니라는 것을 말해주고 있었다.

─저희가 찾던 마스터는 나타나지 않았군요.

테른이 아쉽다는 듯 말하자 마리아도 고개를 끄덕이면서,

"그러게요. 나타날 줄 알았는데……. 그보다 홍건… 이라고 외쳤죠?"

─네, 홍건이라고 하더군요.

"처음 들어보는 녀석들인데, 중국 쪽 마피아인가?"

마리아는 자신이 모르는 중국의 단체가 있다는 것에 고민하는 듯했다. 나름 전 세계의 정보를 취급한다는 MI-6를 총괄하고 있는 마리아였으니 그녀가 모르는 것은 사실 없어야 했다.

홍건이라는 녀석들에 대해서 고민하는 마리아와 달리 테른은 현중으로 모습을 바꾸자마자 구석에 던져 버린 최석호를 향해 다가가더니,

찰싹! 찰싹!

사정없이 뺨을 후려치기 시작했다.

찰싹!! 찰싹!!

"끄으응……."

양 볼이 시뻘겋게 되었을 즈음 최석호가 힘겹게 눈을 떴다. 흐릿한 눈으로 주변을 살피던 그는 현중의 얼굴이 보이자 기겁하며 벌떡 일어섰다.

"회, 회, 회장님……."

―오랜만이군요, 최석호 씨.

테른은 철저하게 현중의 흉내를 내면서 최석호를 맞이했다.

하지만 시리도록 차가운 눈빛만은 현중과 전혀 달랐다.

―배신자의 핑계나 한번 들어볼까요?

심장을 조여 오는 듯한 테른의 눈빛을 맞이한 최석호는 온

몸을 부들부들 떨면서 움직이더니 무릎을 꿇고 테른 앞에 그대로 머리를 조아렸다.

"살려주십시오. 정말… 죄송합니다! 정말 죄송합니다!"

닭똥 같은 눈물을 뚝뚝 흘리면서 사정하는 최석호였지만 테른의 눈빛은 차가운 상태 그대로였다.

─배신한 이유나 알고 싶어서 살려둔 겁니다.

부르르.

물론 그 때문이 아니었다. 테른은 객관적으로 현재 최석호가 무조건 필요했다. 기분 나쁘다고, 배신 한 번 했다고 무작정 죽이기에는 막상 입을 손해가 너무 크다는 결론을 내린 상태였다.

하지만 테른이 자신을 살려준 이유를 들은 최석호는 한기가 자신의 몸을 쓸고 지나가는 느낌을 받았다.

그저 어리고 철없고 돈만 많은 사람으로 현중을 생각했던 최석호는 지금 테른을 마주하면서 그런 생각이 완전히 사라져 버렸다.

무섭도록 차가운 사람이라는 것이 머릿속에 박혀 버렸다. 마치 트라우마처럼 절대로 잊히지 않을 정도로 말이다.

저벅저벅.

테른이 소파로 가서 앉았다 그리고 아직도 그대로 구석에 엎드려 있는 최석호를 향해,

—이리로 오시죠. 우선 배신자의 평계가 어떤 건지 들어보고 싶습니다만…….

최대한 정중한 말투지만 그 속에 숨어 있는 살기는 최석호도 느낄 정도였다. 엉거주춤 무릎으로 기어서 테른이 앉아 있는 소파까지 다가온 최석호는 잠시 숨을 고르는 듯하더니 입을 열었다.

보통 생각할 수 있는, 아픈 부모를 위해 돈이 필요했다든지 하는 거창한 이유는 전혀 없었다. 오로지 자신의 능력을 인정해 주는 것에 홀라당 넘어가 버린 것이었다.

대동그룹에서는 오희연이 직속 상사이긴 하지만 실제로 대화나 통할 뿐 크게 최석호에게 위안이 되지 못했다. 수석 프로그래머라는 직책이 있지만 연봉 5천을 겨우 넘는 상태였다. 물론 본래 3,500만이던 것이 W패드가 히트를 치면서 승진해 연봉이 5천만 원을 넘어간 상태였다. 확실히 대동그룹에서 그렇게 섭섭하게 해준 것도 아니었다.

따로 프로그래머들만 모아서 부서를 만들어주고 그곳에 책임자로 발령해 나름 적당한 포상을 내린 상태였다.

하지만 최석호는 그렇게 생각하지 않은 것이다. 자신의 모든 것을 쏟아부어 네트워크를 구성하고 W패드의 OS를 만들어내고 펌웨어 툴도 만들어냈다. 그러다 보니 자신이 현재 대동그룹을 일으켰다는 생각에 빠져 버린 것이다. 그리고 급기야 자신이 없으면 대동그룹은 곧 망할 것이라고 생각했다.

당연히 그런 생각에 빠져 있는 최석호에게 5천만 원이 조금 넘는 연봉과 수석 프로그래머라는 직책이 성에 찰 리가 없었다.

더구나 언론에서는 오희연을 대동그룹을 살린 사람으로 띄워주고 있었다. 실제로 대동그룹을 살린 것은 자신인데 말이다.

작은 불만이 점점 커지면서 시간이 지나자 모든 것이 불만스러워지기 시작했다. 그리고 자신이 이룩해 놓은 모든 것을 오희연과 대동그룹에서 빼앗아갔다고 생각한 것이다.

오희연과 대동그룹에서 최석호를 믿고 적극적으로 지원해 준 것은 이미 그의 머릿속에 먼지만큼도 남아 있지 않은 상태로 자신이 이룩한 것만 눈에 보였는데, 모든 찬사와 언론은 오희연만 띄워주니 어쩌면 당연한 일인지도 몰랐다.

그때, 브로커가 접근한 것이다.

그는 최석호를 띄워주면서 이렇게 능력이 출중한데 너무 좁은 곳에 있다는 식으로 최석호를 꾀기 시작했다. 거기다 연봉 5억에 성과금을 별도로 준다는 소리에 최석호는 두 번 생각할 것도 없이 바로 넘어가 버린 것이다.

최석호가 평범한 시민이고 일반적인 사람이었다면 결코 테른도 최석호가 중국으로 넘어가기 전까지 몰랐을 것이다.

하지만 최석호는 해킹 사건으로 인해 출국이 금지된 상태다.

그리고 정기적으로 국정원에서 형식적이지만 감시를 했다. 물론 최석호 본인은 몰랐다. 누군가 감시한다는 것을 알면 그건 감시가 아니기 때문이 본인 몰래 이뤄진 것이다.

프로그래머 실력이 뛰어난 최석호가 또 혹시나 실수할지 모르기에 나라에서 예방 차원에서 감시를 했는데 어쩌다 최석호가 중국 브로커와 만나는 것을 딱 들켜 버린 것이다.

한마디로 재수가 더럽게 없어서 걸린 것이다.

―멍청하군요.

테른이 최석호의 눈물 섞인 하소연을 가만히 듣고 난 뒤에 한 말이다.

"그게… 죄송합니다. 그만… 욕심에……."

지금 최석호에게는 무슨 말을 해도 다 자기 잘못으로 들릴 것이다. 하지만 테른은 알고 있었다. 이런 녀석들은 또다시 배신을 한다는 것을 말이다.

죽여 버릴 수도 없고 필요하다면 목줄을 걸면 되는 것이다. 방법은 많았다. 테른만 가능한 방법이 말이다.

"저도 실망이네요. 정식으로 대동그룹에 요청해서 당신이 만든 네트워크 구성 능력을 배우고 싶었는데 말이죠. 들어보니 한국에서 자랑하는 해병대를 나왔다고 하던데 참 한심하네요."

마리아가 해병대까지 들먹이면서 쓴 소리를 하자 최석호
는 슬그머니 기어들어 가는 목소리로,

"그게… 사실… 해병대가 아니라 상근 예비역… 출신입니
다."

"쯧쯧쯧……."

마리아는 결국 혀를 차면서 말하는 것도 그만둬 버렸다.

한심해도 이렇게 한심한 사람이 어떻게 그런 탁월한 네트
워크 구성 능력을 가지고 있는지 오히려 하늘에 물어보고 싶
은 심정이었다.

하지만 테른은 유심히 최석호를 바라보더니,

─뭐… 사람이란 누구나 실수를 한 번은 할 수 있죠.

"……!"

최석호는 테른의 말에 갑자기 얼굴 표정이 살아나면서 울
어서 퉁퉁 부운 눈을 억지로 크게 떴다.

─하지만 한 번입니다. 오직 한 번. 이후에 또다시 이런 일
이 벌어진다면 그땐…….

테른이 최석호의 얼굴 가까이 다가오면서 씨익 웃더니 아
주 작게 속삭였다.

─바다 한가운데에 친절하게 던져 드리죠. 이왕이면 상어
가 많은 곳에 말이죠.

테른의 말에 최석호는 온몸의 피가 빠져나가는 느낌을 받

았지만 본능적으로 살아났다는 것에 고개를 계속해서 끄덕였
다.

─시리!

테른이 일부러 큰 소리로 시리를 부르자 시리가 기다렸다
는 듯 문을 열고 들어왔다.

─데리고 나가도록 해요.

─네, 회장님.

시리는 다리에 힘이 빠져 비틀거리는 최석호를 가볍게 들
어 올려 회장실을 나갔다. 테른이 막 회장실을 나가는 그 순
간 시리에게만 전음으로 뭐라고 속삭였다. 시리는 듣고도 모
른 척하고 그대로 최석호를 데리고 나갔다.

그 후 최석호는 완전 다른 사람이 되었다고 한다. 제일 먼
저 출근해서 가장 늦게 퇴근하고, 특히나 시리나 현중이 호출
하면 만사를 제쳐두고 달려오곤 했다. 거기다 시리의 말을 하
늘이 내린 신의 계시처럼 철저하게 따르는 모습까지 보였다.

이번 최석호의 배신은 조용히 묻어두기로 했다. 국정원에
서 한 번 찾아온 적이 있지만 테른은 무조건 모른다고만 했
다.

뭔가 심증은 있지만 그곳에 있던 모든 사람이 죽어버린 관
계로 최석호가 그 인천 항구에 나갔는지도 국정원으로서는
솔직히 확증이 없었다.

　최석호가 아예 한국을 떠날 생각으로 자신이 타고 왔던 차도 홍건에서 마련해 준 것으로 아무리 조회해도 도난 차량으로만 나올 뿐이었다.

　그뿐인가? 최석호가 가지고 있던 가방부터 모든 것에 최석호의 것이라는 증거가 하나도 나오지 않았다. 그만큼 최석호가 철저하게 한국을 떠날 생각으로 움직였다는 것이다.

　거기다 국정원 직원들이 모조리 죽어버리는 바람에 심증만으로 대동그룹을 압박하기에는 아무래도 무리가 많았다.

　겨우 최석호를 불러들여 심문을 해봤지만 최석호가 자신은 회사를 떠난 적이 없고 다만 브로커를 만난 적은 있다고 했다.

　잠시 엄청난 돈의 유혹에 마음이 돌아서긴 했지만 대동그룹에서 때마침 더 좋은 조건을 제시해서 떠나지 않기로 했다고 일관되게 말하자 결국 국정원도 이번 사건에서 손을 떼게 되었다.

　이렇게 최석호의 사건은 일단락되는 듯했다. 하지만 테른은 아직 손을 뗀 것이 아니었다.

　마리아와 함께 중국의 마스터가 누구인지 알아내야 했다. 테른은 그 마스터가 사이언톨로지와 관련이 있다고 확신하고 있었다.

　그 이유는 바로 마물 때문인데, 일반적으로 지구에 있어서는 안 되는 마계의 마물이 버젓이 땅 위에 돌아다니면서 마기를 이용해서 사람을 조종하는 것을 직접 확인했으니 말이다.

거기다 마리아도 중국에 백호연 외에 마스터가 존재하다는 것에 민감하게 반응했다. 한 국가에 마스터가 두 명일 경우 그 효과는 엄청났다.

현재 영국은 마리아와 데이비드 두 명의 공식 마스터가 존재했다.

물론 데이비드의 마스터 자질에 대해서 말도 많고 아직 구체적인 능력을 발휘한 것은 아니다. 하지만 마스터의 증거인 오러 블레이드를 만들어냈으니 마스터라는 것은 부정할 수 없었다. 그래도 여전히 실력은 마리아보다 한 수 아래로 보고 있었다.

마스터가 두 명이라는 것은 그만큼 전술적으로 유리한 위치에 있을 수 있었다.

마스터의 존재 자체가 핵폭탄을 능가하는 전술적 가치가 있는데 그런 존재가 두 명이나 있다면 엄청난 위협이 되는 것이다.

현재는 현중이 갑자기 영국의 마스터 훈련 교관을 맡자마자 사라지는 바람에 마리아가 대신 훈련을 시키는 중이었다.

한마디로 일은 현중이 벌렸는데 갑자기 사라지는 바람에 뒷수습은 마리아가 하고 있는 중이었다. 물론 데이비드도 같이 훈련을 받고 있었다.

갑자기 사라진 현중 때문에 영국의 여왕이 난리가 났었지만 마리아가 꼭 돌아온다는 말과 함께 자신을 믿어달라고 간곡히 요청해서 겨우 진정시킨 상태였다.

한마디로 임시방편인 셈이었다. 그런데 중국에서 갑자기 또 다른 마스터가 나타났다면? 이건 영국에서 자신들만 두 명의 마스터를 보유하고 있다는 메리트가 사라질 수도 있기에 민감하게 반응할 수밖에 없었다.

현재 한국 땅에 그 의문의 중국 마스터가 있다는 판단하에 마리아는 거의 대동그룹의 회장실에서 살다시피 했다.

"아, 정말 모르겠네. 백호연 씨에게 물어봐도 전혀 뜻밖이라는 대답뿐이네요."

마리아는 혹시나 몰라 백호연에게 아예 대놓고 물어봤다. 중국에서 숨겨놓은 마스터가 존재하느냐고 말이다. 워낙 땅덩어리가 넓다 보니 백호연만 마스터로 존재한다는 것이 왠지 의심이 들어서 물어보자 백호연은 가슴을 탕탕 치면서 처음 듣는다고 했다.

오히려 자기가 더 궁금하다고 한국으로 넘어갈 테니 기다리라고까지 했다.

이 정도면 중국의 공식 마스터인 백호연이 모르는 것은 확실했다. 그럼 중국 정부에서 따로 비밀리에 키운 마스터일 확률도 생각해 봤지만 중국에서는 묵묵부답이었다.

군이 대답해야 할 의무도 이유도 없는 질문에 대답을 안 하는 것이다.

며칠 뒤에 정말로 티베트에서 백호연이 날아왔다.

"…현중이라고? 자네가?"

백호연은 현중으로 변신한 테른을 유심히 바라봤다. 그리고 한참을 살펴보다가 테른의 눈을 똑바로 바라보더니 고개를 흔들면서,

"아무리 내가 늙었다지만 사람 보는 눈은 아직 살아 있어. 넌 누구냐?"

마리아와 마찬가지로 대뜸 테른이 현중이 아니라는 것을 알아본 것이다. 이로써 마리아와 함께 테른의 존재를 아는 두 번째 사람이 백호연이 되었다.

─마스터의 부하입니다.

"부하? 크크크큭. 거참 신기한 재주일세. 기문둔갑인가? 아니면 역용술?"

백호연은 자신이 알고 있는 얼굴을 바꾸는 기술을 이야기했지만 테른은 모두 아니라고 대답했다. 그는 백호연이 보는 앞에서 본래의 자신의 모습으로 돌아갔다가 다시 현중의 모습으로 변했다.

그러자 그 모습을 멀뚱히 지켜본 백호연은 호탕하게 웃으

면서,

"푸하하하하! 진짜 대단한걸. 이거 성형수술이 필요 없을 정도잖아. 푸하하하하! 현중의 부하라더니 부하도 물건일세."

탁탁탁.

테른의 어깨를 두드리면서 가볍게 웃어 넘겨 버리는 백호연이었다.

아무튼 이로써 백호연과 마리아, 그리고 테른까지 세 명이 모이자 주제는 자연스럽게 중국의 공인 마스터도 모르는 의문의 중국 마스터로 흘러갔다.

테른이 먼저 국정원의 요원에게 들은 말을 해주었고, 마리아도 자신이 조사한 것을 알려주었다.

"홍건?"

"그래요. 호연 아저… 아, 백호연 씨는 뭐 아는 거 있나요?"

"그냥 평소대로 불러. 뭘 새삼스럽게 뒤에 씨를 붙이냐. 너랑 나랑 알고 지낸 게 벌써 몇 년인데."

"후후훗. 알았어요. 혹시 호연 아저씨는 홍건에 대해서 아는 게 있는가 해서요 "

백호연은 마리아의 말을 듣고 잠시 생각하더니 무언가 떠오른 듯,

"홍건이라… 홍건이라……. 아, 그러고 보니……."

"뭔가 있군요?"

"뭐 마리아도 그렇지만 자네, 테른이라고 했지?"

—네, 그렇습니다.

"한국 역사를 잘 아나?"

—어느 정도 알고 있습니다.

"갑자기 웬 한국 역사 이야기를 하세요?"

뜬금없이 역사 이야기가 나오자 고개를 갸우뚱했다가 둘 다 동시에 뭔가 생각난 듯 백호연을 바라보았다.

"혹시 삼국지에 나오는 황건적 말하는 거예요?"

마리아가 자신있게 말하자 백호연은 고개를 흔들면서,

"착각할 게 따로 있지 그걸 착각하니. 그건 황건적이고 방금 마리아 너는 홍건적이라고 했지 않느냐? 황색과 홍색은 전혀 다른 색이란다."

—고려 공민왕 때 침입했다는 기록이 있는 그 홍건적을 말하시는 겁니까?

테른이 차분하게 말하자 백호연은 웃으면서 고개를 끄덕였다.

"그래, 바로 그 홍건적이야. 다들 그냥 역사에 나오는 도적떼로 생각하겠지만 실제로 그 홍건적의 세력이 아직도 유지되고 있거든."

"아직도요? 설마……."

그냥 역사 속에서만 나오는 것으로 생각했던 마리아는 반색을 했다. 하지만 백호연은 너털웃음을 지으면서,

"아직 중국의 정확한 역사를 모르는구만. 홍건적은 도적으로 시작했지만 결국 홍건적의 주원장이 명나라를 세웠지. 한 나라를 세우는 데 지대한 공을 세운 홍건적은 그 후에 조용히 역사의 뒤안길로 사라진 것처럼 보이지만 실제로는 어둠 속에서 계속 명맥을 유지하고 있었거든. 그리고 그 홍건적의 중심 세력은 백련교(白蓮敎)야. 보통은 명교(明敎)라고도 불리지. 그 외 마교(魔敎)로도 불리지만 다 같은 곳을 지칭하는 것이야."

―혹시 그 소설에 자주 나오는 그곳입니까?

테른이 슬쩍 물어보자 백호연은 고개를 끄덕이면서,

"맞아. 그곳이야. 그리고 현재 티베트 쪽에 그 무리가 자리를 잡고 있지."

백호연의 말을 들은 마리아가 티베트라는 말에 혹시나 하고 쳐다보았다.

"맞아. 마리아 네 생각대로 나도 현재 백련교를 조사 중이야."

―우연이군요.

정말 우연히도 테른이 조사하는 홍건과 백호연이 조사하고 있는 백련교가 모두 같은 곳이었다. 그렇다면 백호연이 만

사 제쳐두고 왜 티베트에서 급하게 날아왔는지 충분히 이해
가 되었다.

"글쎄… 모르지. 우연인지 아니면 필연인지……."

백호연은 그 후로 자신이 알고 있는 백련교에 대해서 정보
를 풀어놓기 시작했다. 이왕 한 배를 탔으니 정보 교류는 필
수였다. 테른이야 현중의 부하이고 마리아는 영국의 마스터
이지만 오랫동안 알고 지냈기에 그 성격을 잘 알고 있었다.
여자지만 과묵하고 입이 무겁다는 것을 믿고 자신이 현재 티
베트에서 조사한 정보를 풀어놓았다.

그렇게 한 시간가량 계속된 백호연의 이야기가 끝나자 마
리아와 테른은 오히려 머릿속이 더 복잡해졌다.

―그럼… 백호연 씨의 말대로라면 백련교가 몇 년 전부터
갑자기 두 개의 파벌로 갈라지면서 하나는 티베트에 자리를
잡고 하나는 중국에 자리를 잡았다는 말이군요.

"그렇지. 그런데 그냥 파벌이 갈라진 거면 나도 움직이지
않았겠지. 문제는 티베트 쪽으로 간 백련교 녀석들이 인간을
제물로 무언가 이상한 짓을 하기 시작했다는 게 문제야."

"인간이요?"

―…….

백호연의 말을 테른은 우선 가만히 듣기만 했다. 뭔가 이상
하게 흡사한 부분이 떠올랐기 때문이다. 하지만 아직 정보가

부족했다.

"그래. 벌써 어린아이만 100명, 처녀만 200명이 희생됐어. 이 정도로 피해가 크자 정부에서 나에게 직접 의뢰를 했지. 민심이 어지럽고 살아 있는 인간을 제물로 바치면서 뭔가 알 수 없는 짓을 꾸미는 미치광이 녀석들이 있다고 말이야. 그래서 한동안 티베트를 이 잡듯 뒤지고 다니는 중이었거든. 하지만 도통 꼬리를 잡을 수가 없단 말이야. 쩝."

거의 몇 년 동안 시간 날 때마다 티베트의 산이란 산은 다 뒤져 본 듯 더 이상 찾을 곳이 없어서 고민하고 있던 차에 때마침 마리아에게서 연락이 온 것이다. 그러니 백호연에게는 한국으로 무조건 넘어와야 하는 이유가 충분했다.

"인간을 제물이라……. 도대체 무슨 짓을……?"

마리아는 수백 명의 인간을 제물로 바치면서까지 무언가 하려고 한다는 것에 묘하게 소름이 끼쳤다. 영국에도 게르만족과 북부신화에 인간을 제물로 바치는 풍습이 있었다고 한다. 하지만 그건 그냥 역사의 뒤안길로 사라진 지 오래였다.

그런데 지금 중국에는 그게 실제로 벌어지고 있는 중이니 놀라우면서도 왠지 모를 묘한 기분이 들 수밖에 없었다.

─소환 의식이군요.

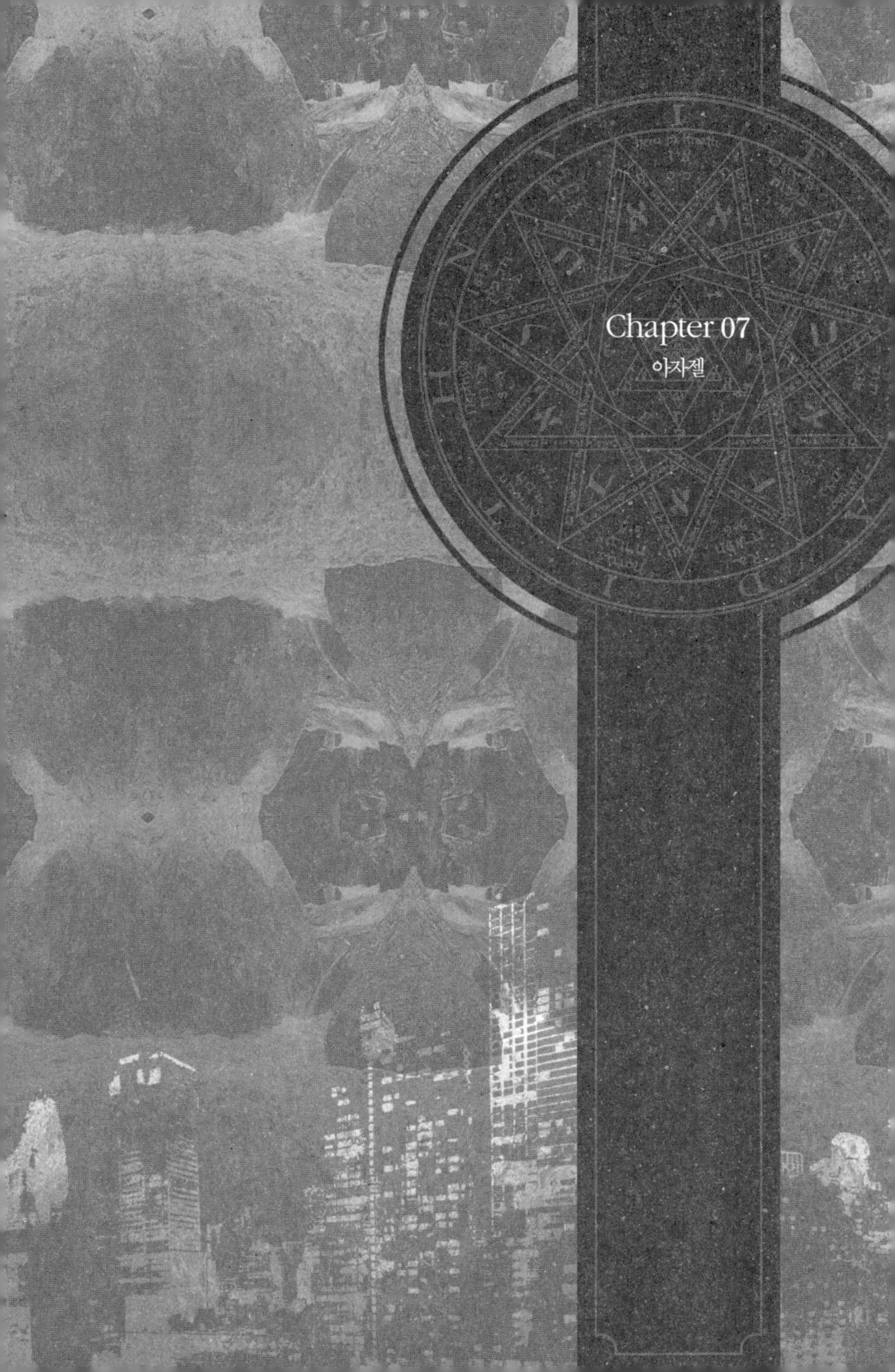
Chapter 07
아자젤

　잠시 동안 이야기를 가만히 듣고 있던 테른이 입을 떼자 백호연과 마리아의 시선이 테른에게 집중되었다.

　"소환 의식?"

　"그게 뭐예요?"

　지구에서 나고 자란 마리아와 백호연은 모르겠지만 테른은 마족이다. 그리고 마족이기에 지금 티베트 쪽으로 사라진 백련교 녀석들이 무엇 때문에 어린아이와 처녀를 제물로 바치는지 충분히 알 만했던 것이다.

　소환 의식.

보통 악마와 계약을 맺거나 마물 등 다른 세계의 존재를 불러들일 때 사용하는 의식이다. 오컬트적인 요소가 강하고 실제로 소환 의식이 성공하는 경우는 천 번에 한두 번 경우로 극히 희박한 확률이기에 지구에서는 그냥 이야기 속에서만 나오는 것으로 치부되기 일쑤였다.

하지만 그건 모르는 사람들이 봤을 때의 이야기고 마족인 테른의 시선으로 봤을 때 백련교 녀석들이 소환 의식을 행하고 있는 중임을 확신할 수 있었다.

무엇보다 어린애와 처녀를 제물로 바친다는 것이 그 확실한 증거였다.

소환 의식의 성공률을 높이기 위해서는 가장 좋은 제물이 바로 어린애이고 그다음이 바로 처녀였다. 그런데 그 두 가지 모두를 제물로 사용하고 있다면 100% 소환 의식이 확실했다.

─말 그대로입니다. 다른 존재를 소환하기 위해 제물을 바치는 것이죠.

"……"

"……"

테른의 간단한 설명에 백호연과 마리아는 둘 다 잠시 말을 잃어버린 듯했다.

소환이라니? 그것도 살아 있는 인간을 제물로 바쳐서까지 말이다. 도대체 뭘 소환하겠다는 것이란 말인가?

잠시 동안 백호연과 마리아는 곰곰이 생각해 봤지만 결국 결론은 하나였다.

살아 있는 인간을 제물로 바쳐서까지 소환하려고 하는 존재가 결코 지금 지구에 이로운 존재는 아닐 것이다. 생명을 대가로 소환된 존재는 그 존재 자체가 바로 악(惡)이다.

이렇게 백호연과 마리아의 온 정신이 소환 의식이라는 것에 팔려 있을 때 정작 그 정보를 알려준 테른은 의문의 마스터가 혹시 마족이 아닐까 생각하고 있었다.

그리고 정말 마족이라면 백련교의 소환 의식이 성공했다는 결론이 나왔다. 소환 의식이란 처음 성공하기가 정말 어렵고 확률이 희박해서 그렇지 한번 성공하게 되면 그 후부터는 마음만 먹으면 얼마든지 소환하는 데 어려움이 없었다.

이렇게 서로 머리를 싸매고 있는데 갑자기 마리아의 가방에서 알람이 울렸다.

띠리리리, 띠리리릴.

"응?"

마리아는 가방에서 작은 휴대폰을 꺼내더니 메시지를 확인하고는 벌떡 일어섰다.

"지금 한국의 국정원 요원이 중국의 마스터로 의심되는 존재를 쫓고 있는 모양이에요."

"그래?"

백호연은 온 지 얼마 되지도 않았는데 기다리던 소식이 들리자 곧바로 일어섰다. 그리고 마리아는 테른에게도,

"어떻게 하실 건가요?"

마리아의 질문에 테른은 자리에서 일어서면서 씨익 웃고는,

―당연히 가야겠죠. 어떤 녀석이 귀찮게 하는지 보고 싶군요.

말은 그렇게 하지만 테른은 홍건들을 처리하고 잡은 마물과 백호연의 정보를 모두 종합해 본 결과 백련교와 사이언톨로지가 확실하게 서로 관련이 있다고 판단했다.

그렇다면 그동안 그렇게 꼬리를 잡기 힘들었던 사이언토롤지의 제법 큰 꼬리를 발견한 것이나 다름없었다.

백호연은 곧바로 회장실을 뛰쳐나갈 기세였는데 마리아가 백호연을 잡으면서,

"세상에서 가장 빠르게 이동하는 방법이 있어요. 그렇죠?"

마리아가 테른을 보면서 슬쩍 말을 흘리자 테른은 피식 웃으면서,

―위치가 어디인가요? 정확한 위치가 필요합니다.

테른의 말에 마리아는 휴대전화를 내려다보고 말했다.

"인천 항구네요. 그것도 전에 갔던 바로 그곳이에요."

―역시…… 마리아의 말을 들은 테른은 뜻 모를 말을 혼자

중얼거리더니 곧바로 마리아의 손을 잡고 백호연의 어깨에 손을 얹었다.

"뭐, 뭐하는……?"

백호연은 너무나 자연스럽고 아무렇지도 않게 자신의 품 안으로 들어와 어깨에 손을 얹은 테른의 모습에 당황했다. 자신은 마스터다. 영춘권의 계승자이고 자신의 허락 없이 누군가 품안으로 다가와 몸에 손이 닿는 것을 알아채지 못한 적이 없었다.

그런데 방금 테른의 손을 백호연이 알아차린 것은 어깨에 닿고 난 뒤였다. 이처럼 누군가 허락 없이 자신의 몸에 손댄 것은 마스터에 오른 뒤에 처음 있는 일이라 백호연이 살짝 당황했지만 그것도 잠시였다.

스팟!

그들의 모습이 회장실에서 사라져 버렸다. 그리고 다시 모습을 드러낸 곳은 저번에 최석호 때문에 왔을 때와 같이 창고의 지붕 위였다.

"응? 뭐야, 이건?"

처음으로 순간이동을 경험한 백호연은 당황했다. 뭔가 흐릿하더니 갑자기 시야가 좁아졌다가 다시 넓어졌는데 전혀 다른 풍경이 펼쳐진 것이다. 아무리 마스터라도 순간이동만큼은 모든 상식을 벗어난 것이니 당연한 반응이었다.

“뭘 그렇게 두리번거리세요?”

마리아가 슬쩍 자신은 아무렇지 않다는 듯 말하자 백호연은 그런 것에도 아랑곳하지 않고 한참을 두리번거렸다. 하지만 곧 이곳이 인천 항구 중 하나라는 것을 인식하고는 테른을 보더니,

“자네… 설마 현중도 이런 능력이 있나?”

현중의 부하가 이렇게 신기한 능력이 있는데 마스터가 없다면 말이 안 된다는 단순하면서도 간단한 논리에 물어보자,

—네, 저와 방식은 다르지만 비슷한 능력이 있으십니다.

“쳇, 완전 사기잖아, 이건.”

순간이동을 직접 경험한 백호연이 솔직하게 자신의 감정을 드러냈다.

“호연 아저씨는… 뭔 욕심이 그리 많아요?”

이미 마스터에 올라 중국 내에서는 무엇 하나 아쉬울 게 없는 백호연이지만 호기심이 많고 은근히 남이 가진 것에 소소한 욕심이 많은 편이었다. 뭐랄까, 어린애가 남이 신기하거나 자신에게 없는 것을 가지고 있으면 만져 봐야 속이 풀리는 그런 성격이랄까? 아무튼 어린애 같은 면이 있었다.

“내가 뭘? 그냥 이렇게 마음대로 자기가 가고 싶은 곳을 갈 수 있다면 참… 편하겠다.”

이미 자신이 순간이동 능력이 있다면 하고 상상의 나래를

펼쳐 버린 백호연이었다.

"못 말려요. 아무튼 저 성격은……."

마리아도 이미 알고 있는 성격이라 그냥 무시했다. 저렇게 자신만의 상상의 세계에 빠져들면 한동안 가만히 놔두는 게 가장 좋은 해결책이라는 것을 알고 있기 때문이다.

그렇게 잠깐의 실랑이가 벌어지는 중에 테른이 마리아의 어깨를 잡았다.

—왔습니다.

"……!"

마리아가 즉시 입을 다물고 몸을 숙이자 백호연도,

"……!!"

뭔가 느낀 것이 있는지 곧바로 상상의 세계에서 벗어나 현실로 돌아왔다. 그리고 누가 시키지도 않았는데 최대한 숙여 몸을 숨겼다.

끼이익!! 끼이이이익!!

백호연이 몸을 낮춰서 숨기자마자 항구를 향해 빠르게 달려들어 온 자동차 한 대가 급하게 턴을 하면서 멈추었다. 곧이어 따라 들어온 자동차도 비슷하게 턴을 하면서 멈췄다.

딸각!! 딸각!!

일사불란하게 문이 열리더니 검은 옷의 정장을 입은 사람들이 차안에서 뛰쳐나왔다.

“서둘러라!!”

가장 먼저 튀어나온 남자가 소리치자 차에서 나오자마자 모두 약속이나 한 듯 주변의 엄폐물 사이로 몸을 숨겼다. 그리고 천천히 한 명씩 이동하기 시작하는데 도대체 이들은 무엇을 보았기에 이처럼 조심스러운 것인지 영문을 알 수 없었다.

지금 요원들이 다가가는 곳에는 항구지만 배 한 척 없는 상태다. 한마디로 바다가 펼쳐진 막다른 곳이었다. 하지만 무언가 있는 것처럼 최대한 모습을 숨긴 채 하나씩 이동하는 모습은 마치 적을 앞에 두고 작전을 펼치는 듯이 보였다.

“뭐하는 거지?”

백호연이 국정원 요원들의 이상한 행동에 영문을 몰라 하는데 그것은 마리아도 마찬가지였다.

하지만 테른만 조용히 입가에 미소를 띠면서,

―곧 나타날 겁니다. 어둠 속에서 말이죠.

“어둠?”

테른의 말에 백호연이 뜻을 모르겠다는 듯 고개를 갸웃거리는 순간,

“끄악!!”

털썩.

가장 앞서가던 요원 하나가 갑자기 목이 잘리더니 목과 몸

이 분리된 채 바닥에 쓰러졌다.

그리고 들리는 요란한 총소리.

탕탕탕탕탕! 탕탕탕탕탕! 타타타타타타타타타!

자동 소총도 준비를 했는지 죽어버린 요원이 있던 곳을 향해 무차별 사격을 시작했다.

한순간에 집중 사격으로 시멘트 먼지가 자욱하게 피어오르고, 탄창이 떨어질 때까지 쏴댄 요원들은 탄창이 비자 누군가 손을 들어 사격을 멈추게 했다.

부스럭부스럭.

집중 사격이 멈추자 바닷바람에 시멘트 먼지는 금방 사라졌다. 하지만 요원들의 눈에 들어온 것은 형체도 알아볼 수 없이 완전히 떡이 되어버린 동료의 시체뿐이었다.

"젠장, 주변을 살펴라!"

아무런 흔적도 없다는 것을 알아채고 곧바로 비어버린 탄창을 채워 넣기 위해 바쁘게 손을 움직이는 요원들에게 들리는 소리가 있었다.

스걱!

털썩.

두 번째로 앞에 있던 요원의 목이 또다시 떨어지면서 그대로 죽어버렸다.

"젠장, 물러나면서 사격한다!"

타타타타타타! 타타타타타타!

이미 앞쪽에 자리 잡은 요원들이 후퇴할 수 있도록 도와주려는 듯 엄호사격을 시작하자 재빠르게 이동하기 시작했다. 하지만 불과 몇 발자국 옮기지도 않았는데 가장 먼저 뛰어나간 요원의 목이 또다시 떨어져 나갔다.

그리고 따라서 뛰려던 요원의 가슴이 사선으로 그어지더니 그대로 반 토막이 나서 바닥에 떨어져 버렸다.

"젠장!!"

벌써 허무하게 요원 네 명을 잃어버린 것이다. 상황이 이렇게 되자 요원 몇몇이 품에서 수류탄을 꺼냈다. 총으로 처리할 수 없다면 수류탄뿐이다. 누가 보면 전쟁터를 방불케 하는 상황이었다.

"던져!!"

한 명이 수류탄을 던지면서 소리치자 곧바로 뒤에 있던 서너 명이 같이 던졌다.

쾅!! 쾅!! 쾅!! 꽈쾅!!

이건 무슨 작전이고 뭐고 없었다. 국정원 요원들에게 작전이라는 의미는 사라진 지 오래되었다. 벌써 네 명이 허무하게 죽어나갔으니 더 이상 방법이 없는 것이다. 이미 이번 작전에 희생된 요원만 20명이 넘어가고 있었다. 하나같이 살아 돌아오지 못하니 결국 국정원에서도 수류탄까지 동원하는 무리수를 던질 수밖에 없는 것이다.

하지만,

스걱!!

털썩.

이번에는 가장 뒤쪽에 있던 요원의 머리가 땅으로 떨어지면서 힘없이 허물어졌다.

"뒤다!!"

이미 포메이션을 만들어서 자리 잡은 상태라 한 명이 당하면 금방 알아챌 수 있었다. 뒤쪽의 요원에게서 큰 소리가 들리자 이번에는 뒤쪽으로 모든 총구가 향했다.

그런데 모든 총구가 뒤쪽을 향하는 순간,

스걱!

털썩.

이번에는 가장 가운데 있던 요원의 머리가 떨어지면서 바닥에 쓰러졌다.

앞도 모자라 이제는 뒤와 가운데에서 돌아가며 요원들의 목이 떨어지자 결국 훈련을 받은 요원들이었지만 패닉에 빠져 버렸다.

"젠장!! 너 죽고 나 죽자!!"

갑자기 요원 한 명이 사방으로 자동 소총을 쏴대기 시작했다.

“저 미친놈!!”

다른 요원이 스스로 정신이 무너져 버린 요원 하나를 보고는 욕을 하면서 권총을 들었다. 반쯤 미쳐 버린 요원의 머리를 향해 겨누고 방아쇠를 당겼다.

탕!

털썩.

정확하게 이마를 관통한 총알에 구멍이 뚫린 요원이 사방으로 쏴대던 자동 소총을 떨어뜨리고는 그대로 쓰러졌다. 하지만 이 정도는 아무것도 아니라는 듯 크게 동요하는 요원은 없었다.

“정신 차려!! 이대로 무너지고 싶은가!”

자신의 동료를 쏴 죽여야 했던 요원도 마음이 편치는 않았지만 지금 상황에 적보다 더 무서운 것이 미쳐 버린 동료였기에 어쩔 수 없었다.

“다들 뭉친다!”

스걱.

털썩.

방금 자신의 동료를 쏴죽이고 힘차게 외쳤던 요원의 목이 힘없이 바닥으로 떨어졌다. 그리고 허물어진 요원의 눈에는 천천히 무릎을 꿇고 바닥으로 쓰러지는 자신의 몸이 보였다.

‘뭐지, 이건?’

자신이 어떻게 된 건지 판단이 서지도 않은 상황에 방금 자신의 몸이 목이 잘린 채 눈앞에 있는 것이다. 그리고 천천히 눈앞이 흐려졌다.

'죽는 거구나… 이게.'

요원은 자신이 죽었다고 생각하는 것과 동시에 더 이상 아무것도 보이지 않았다.

이렇게 완전 아비규환인 상황인데도 테른은 가만히 보기만 했다.

"테른 씨, 가서 도와줘야 하는 거 아닌가요?"

"맞아. 그래도 살릴 사람은 살려야지."

백호연과 마리아는 거의 학살 수준으로 요원들이 당하자 엉덩이를 들썩 거리면서 당장에라도 뛰쳐나가려고 했다. 하지만 테른은 요지부동이었다.

─기다리세요. 아직 진짜는 나오지도 않았으니까요.

테른은 너무나 침착하고 냉정하게 지금 이 순간에도 목이 잘려 죽어가는 요원들에게서 시선을 떼지 않고 있었다.

순식간에 열 명이 넘는 요원이 죽어나가자 그제야 테른이 슬쩍 일어섰다.

─아자젤.

나직하게 한마디 한 테른이 그대로 사라지더니 혈향이 가득한 곳에 모습을 드러냈다.

―오랜만이군, 아자젤.

아무것도 없는 곳에 마치 친한 사람이 있는 듯 한마디 하자,

끼이이익.

테른의 옆에 있던 쇠기둥 하나가 마찰음을 내면서 잘리던 그대로 허물어졌다.

쿠쿠쿠쿵!

―무력시위를 하자는 건가, 아니면 아직 피가 모자란 건가?

나직하게 또다시 말하자,

[그대는… 누구지?]

공기를 울리는 듯한 목소리가 들렸다. 그리고 테른의 앞에 모습을 드러낸 것은 거의 몇 미터는 되어 보이는 커다란 낫을 들고 검은 두건에 다리조차 없는, 허공에 떠 있는 존재였다.

도저히 인간으로 생각되지 않는 존재의 등장에 멀리서 지켜보던 백호연과 마리아는 입을 다물지 못했다.

"뭐야, 저거?"

"저건… 도대체……."

전혀 예상 밖의 존재가 모습을 드러내자 금방이라도 뛰어나갈 것처럼 엉덩이를 들썩이던 마리아와 백호연은 우선 가만히 기다려 보기로 했다. 테른이 먼저 나간 것에는 무슨 이

유가 있을 것이라고 판단했기 때문이다.

거기다 테른은 저 존재를 알고 있는 듯했다.

―아자젤, 타락했군.

[뭣이라!! 감히 인간 주제에!!]

번쩍!

테른의 도발에 아자젤은 곧바로 커다란 낫을 들어 그대로 테른을 향해 내리찍었다. 하지만 이미 그 자리에 테른은 사라지고 없었다.

―나를 잊어버렸나 보군.

그리고 현중의 모습을 벗어버린 테른이 천천히 아자젤의 곁으로 다가가자,

[너, 넌? 배덕자!! 테른 프롬발 공작!!]

테른의 풀네임을 외치면서 갑자기 흥분하기 시작했다. 아자젤의 그런 반응에도 테른은 웃으면서,

―겨우 인간의 피를 제물로 소환되는 타락의 끝에 있는 주제에 말이 많구나, 아자젤.

[뭣이라!! 감히 배덕자가 그런 말 할 처지가 된다고 생각하는 것이냐!!]

흥분한 듯 아자젤은 다시 커다란 낫을 휘두르려 했다. 하지만 그보다 먼저 테른이 빠르게 아자젤의 품안으로 뛰어들었다.

—마기 폭발!

퍼어엉!!

급작스럽게 아자젤의 몸에 커다란 구멍이 뚫렸다. 그 커다란 몸체가 사정없이 뒤로 날아가더니 바닥을 나뒹굴었다.

[네놈… 어떻게 그런 힘을……. 설마… 완전 소환인 것이냐!]

자신처럼 제물을 받아 힘의 제약을 걸고 계약으로 모습을 드러내는 소환은 아무래도 마계에서 발휘하던 힘의 1/10도 내지 못했다.

하지만 그 정도 힘만으로도 인간들에게는 공포 그 자체였다. 보이지 않고 그 어떤 공격도 할 수 없는 존재가 어둠 속에서 커다란 낫을 휘둘러 몸을 베어버린다면 누가 이기겠는가?

그러나 테른에게는 아니었다.

그는 상대가 누구인지 알게 되자 곧바로 움직인 것이다. 소환된 마족은 모습을 감춘 상태에서는 아무리 테른이라고 해도 어떻게 잡아낼 방법이 없었다. 그렇기에 기다린 것이다. 국정원 요원들의 피를 희생으로 삼아 아자젤이 모습을 드러내길 말이다.

테른은 마족이기에 마족의 생리를 그 누구보다 잘 알고 있었다.

—완전 소환? 크크큭, 그런 타락의 증거로 내가 이곳에 있

다고 생각하나?

힘을 봉인당했지만 테른은 자신의 모든 것을 가지고 지구로 넘어왔다. 현중의 그림자가 테른의 아지트이자 보금자리이기에 마계에 몸을 두고 힘을 제약을 받는 계약 소환된 아자젤과는 이미 비교조차 불가능했다.

그리고 국정원 요원들이 왜 마스터라고 오해를 했는지 이해가 되었다. 쇠도 가볍게 잘라 버리는 능력, 절대로 모습을 볼 수 없는 치밀함, 마스터들이 작전을 수행할 때의 움직임과 너무나 흡사한 것이다.

베이스퍼의 경우 작전에 들어가면 그가 모습을 숨기려고 마음만 먹으면 그 누구도 찾을 수 없을 정도다. 그리고 그 정도는 각국의 마스터들에게는 그리 어려운 것도 아니었던 것이다.

그렇기에 국정원은 아자젤을 마스터로 오해한 것이다.

—누구지, 너를 이곳에 소환한 것은?

테른은 천천히 걸어가 조용히 테른 몰래 어둠 속에 몸을 감추려고 하는 아자젤의 낫을 발로 밟아버렸다.

—이런, 이런. 벌써 떠나시려고? 그럼 안 돼지. 내가 알고 싶은 게 너무 많은데 말야.

정말 간만에 마족다운 마족을 만났다. 거기다 아자젤 정도면 자신이 원하는 정보를 제공해 줄 수도 있다고 생각한 테른

은 아자젤의 유일한 약점이자 무기인 낫을 발로 밟아 어둠 속
으로 사라지는 것을 막아버렸다.

[테른 프롬발, 네놈이 어떻게 이곳에……. 그리고 완전한
모습으로 어떻게 존재하는 것이냐?]

아자젤은 끝까지 테른이 어떻게 이곳에 있는지 집요하게
물어왔지만 테른은 그런 쓸데없는 질문에 대답할 생각이 전
혀 없었다.

대신 다시 한 번 손에 마기를 응축시키더니 아자젤의 어깨
를 향해 천천히 손을 가져가서는,

─마지막으로 묻겠다. 누가 널 이곳에 소환했지?

[배덕자 테른 프롬발!! 네놈이 감히!!]

마계에서라면 아자젤이 테른보다 몇 단계나 높은 곳에 있
다. 하지만 이곳은 지구다. 그리고 완전체인 테른에게 소환체
인 아자젤은 하급 마족과 다를 바 없었다.

─이런! 마기 폭발!

쾅!

아자젤의 어깨에 응축시킨 마기가 폭발하면서 아자젤의
어깨를 한순간에 걸레로 만들어 버린다. 테른은 이번에는 다
른 쪽 어깨를 향해 마기를 응축시킨 채 가져다 대고는,

─너 말고 누가 소환됐지?

[…네놈… 테른… 프롬발……]

　끝까지 말하지 않을 작정인 듯 아자젤은 계속 테른을 노려
보면서 테른의 이름만 중얼거렸다. 그러자 테른도 역시나 아
자젤의 고집을 아는 이상 더 이상의 질문은 불필요하다고 생
각되었는지 어깨에 대고 있던 응축된 마기를 옮겨 아자젤의
가슴 한가운데로 가져갔다.

　―마계로 돌아가거든 전해라. 나 테른 프롬발은 아직 죽지
않았다고. 그리고 너희들이 원하는 대로 가만히 두고 보지도
않겠다고 말야.

　[크크크큭, 배덕자여, 넌 모르고 있구나. 크크큭, 너는 아직
그분이 무슨 생각으로 이곳을 노리는지 모르고 있어. 크크큭,
그래, 막아봐라. 얼마든지 말야. 하지만 기억해야 할 것이다.
테른 프롬발, 네놈이 살아 있다는 것을 마계에 퍼뜨려 주마.
마계 곳곳에 네놈이 아직 살아 있다는 것을 알려주마!]

　아자젤의 저주와 비슷한 말을 끝까지 들은 테른은 씨익 웃
으면서,

　―마기 폭발!

　쾅!

　응축된 마기가 아자젤의 약점에서 폭발하자 소환체이던
아자젤은 천천히 사라져 갔다.

　역소환된 것이다. 소환체는 계약에 따라 힘이 제약되고 능
력에 한계가 있지만 절대로 죽진 않았다. 오직 마계로 다시

역소환될 뿐이다.

테른도 그걸 알고 있었다. 하지만 완전히 아자젤이 사라진 다음 테른의 입에서는,

—그러든지. 그때 내가 누군지 알려주도록 하지. 크크크크 큭.

순식간에 아자젤을 강제로 역소환시킨 테른이 아무렇지 않게 돌아섰다. 그는 아자젤을 처리하며 묻는 시멘트 먼지를 툭툭 털어 정리했다. 그리고 뒤돌아 널브러진 요원들을 시체를 보고는 한 차례 한숨을 내쉬었다.

—이건… 시작도 아니지. 정말 녀석들이 계획하에 움직인다면 말이야.

아자젤의 목소리가 테른의 뇌리에 아직도 남아 있는 듯했다. 현중도 없는 지금 과연 테른이 얼마나 마족을 상대할 수 있을지 모르지만 최소한 완전체인 자신이 지구에서 소환체에게 당할 일은 없을 것이라고 확신했다.

다시 마리아와 백호연의 곁으로 돌아온 테른은 태연하게,

—돌아갈까요?

"네? 벌써요?"

마리아가 돌아가자는 테른의 말에 뭔가 찜찜하다는 표정을 지었다.

—아까 그 녀석이 바로 요원들이 말했던 의문의 마스터의

정체였습니다.

"아까 그 존재가요?"

마리아는 두 눈으로 똑똑히 본 아자젤의 모습을 절대로 잊을 수 없을 것이다. 아직 마리아나 백호연은 아자젤이 마족이라는 것을 쉽게 받아들이지 못하는 듯했다.

그리고 테른을 바라보는 눈빛이 뭔가 살짝 경계하는 듯했다.

—아자젤과 나눈 대화를 들으셨습니까?

당연한 걸 질문하는 테른이었다. 둘 다 마스터다. 들으려고 마음만 먹으면 몇 십 미터 밖의 새소리도 들을 수 있는 그들이 몇 미터 떨어진 곳에서 나눈 대화를 듣지 못했을 리가 없었으니 말이다.

"네."

"그렇다네."

백호연이 잔뜩 긴장한 채로 테른을 마주했고 마리아는 지금까지 테른의 모습과 방금 전의 모습에서 혼란이 오는 듯 이러지도 저러지도 못하고 있었다.

—제 본명은 테른 프롬발, 마계 서열 50위로 공작의 지위를 가지고 있습니다.

다시 자신을 소개한 테른은 너무나 정중했다.

"그 말은… 조금 전 사라진 그 존재와 자네는?"

—같은 종족입니다.

쾅!

갑자기 백호연의 몸에서 마나가 휘몰아치더니 백호연이 내디딘 진각으로 창고 지붕 전체가 흔들렸다. 그리고 백호연의 주먹이 정확하게 조금 전 테른이 아자젤을 처리할 때 공격했던 곳과 같은 곳을 향했다.

하지만 그런 백호연의 공격은 너무나 허무하게 잡혀 버렸다.

덥석.

"……."

잠시 백호연은 테른의 눈을 직시했다. 테른도 굳이 백호연에게서 눈동자를 돌리지 않았다.

"쳇."

한참을 바라보던 백호연이 갑작스런 기습 공격했던 것과 달리 너무나 허무하게 주먹을 거두어들였다.

"종족은 같지만 적은 아니군."

백호연은 테른이 적이 아니라고 판단했다.

이미 방금 공격에서 얼마든지 반격이 가능했지만 테른은 그냥 백호연의 주먹을 잡았을 뿐 별다른 행동을 하지 않은 것이다.

백호연은 이렇게 갑작스럽게 공격한 것은 자신만의 확인

방법이었다.

누구든지 갑작스런 상황에 닥치면 본래의 성격이나 행동이 나오는 법이다.

지금까지 그렇게 적을 가려낸 적이 많았던 백호연은 테른에게도 똑같은 방법을 사용했다.

그리고 적은 아니라고 판단한 것이다. 그런 백호연의 모습에 테른은 웃으면서,

─적의 적은 친구라고 하지 않던가요?

"크크큭. 뭐, 그렇긴 하지."

백호연은 테른이 적이 아니라고 단정 짓자 다시 본래의 모습을 돌아왔다. 하지만 마리아는 아직도 자신이 어떻게 해야 되는지 갈피가 서지 않고 있는 듯했다.

그런 마리아에게 테른이 손을 내밀면서,

─돌아갈까 합니다.

방금 전의 아자젤과의 대화를 듣지 않았다면 오히려 마리아가 먼저 테른에게 손을 내밀었을 것이다. 하지만 순간 망설이는 마리아였다.

─전 마스터의 부하입니다. 그 이상도 그 이하도 아닙니다.

테른이 현중을 들먹이자 마리아의 눈동자가 살짝 흔들리더니 뭔가 결심한 듯 테른이 내민 손을 잡았다.

—감사합니다.

테른은 이런 상황에 자신을 믿어준 마리아에게 감사하다는 인사를 했다 그런데 백호연이 갑자기 끼어들면서,

"이봐, 왜 나한테는 그런 말 안 해? 나도 믿어줬는데 말이야."

백호연이 뭔가 서운하다는 듯 한마디 하자 테른은 웃는 얼굴로,

—먼저 공격하셨지 않습니까? 남자란 주먹으로 대화를 나눈다고 들었습니다. 설마… 제 대화를 듣지 못하신 겁니까?

단순하지만 호탕하고 터프한 백호연의 성격을 알아채고 슬쩍 남자다움을 강조하면서 말하자 오히려 무안해진 것은 백호연이었다.

"험험. 뭐… 그거야 그렇지. 물론… 내가 남자의 대화를 듣긴 했지. 뭐… 그냥……. 에이, 그렇다고. 얼른 돌아가자고."

당황한 듯 말을 어지럽게 늘어뜨리더니 역시나 얼른 돌아가자고 말을 돌려 버렸다.

—네, 그럼 다시 돌아가겠습니다.

스팟!

아주 짧은 빛무리가 테른과 마리아, 그리고 백호연을 감싸

더니 사라져 버렸다.

　그리고 빛이 사라진 후에는 백호연의 진각으로 찌그러진 창고 지붕의 흔적만 남아 있을 뿐이었다.

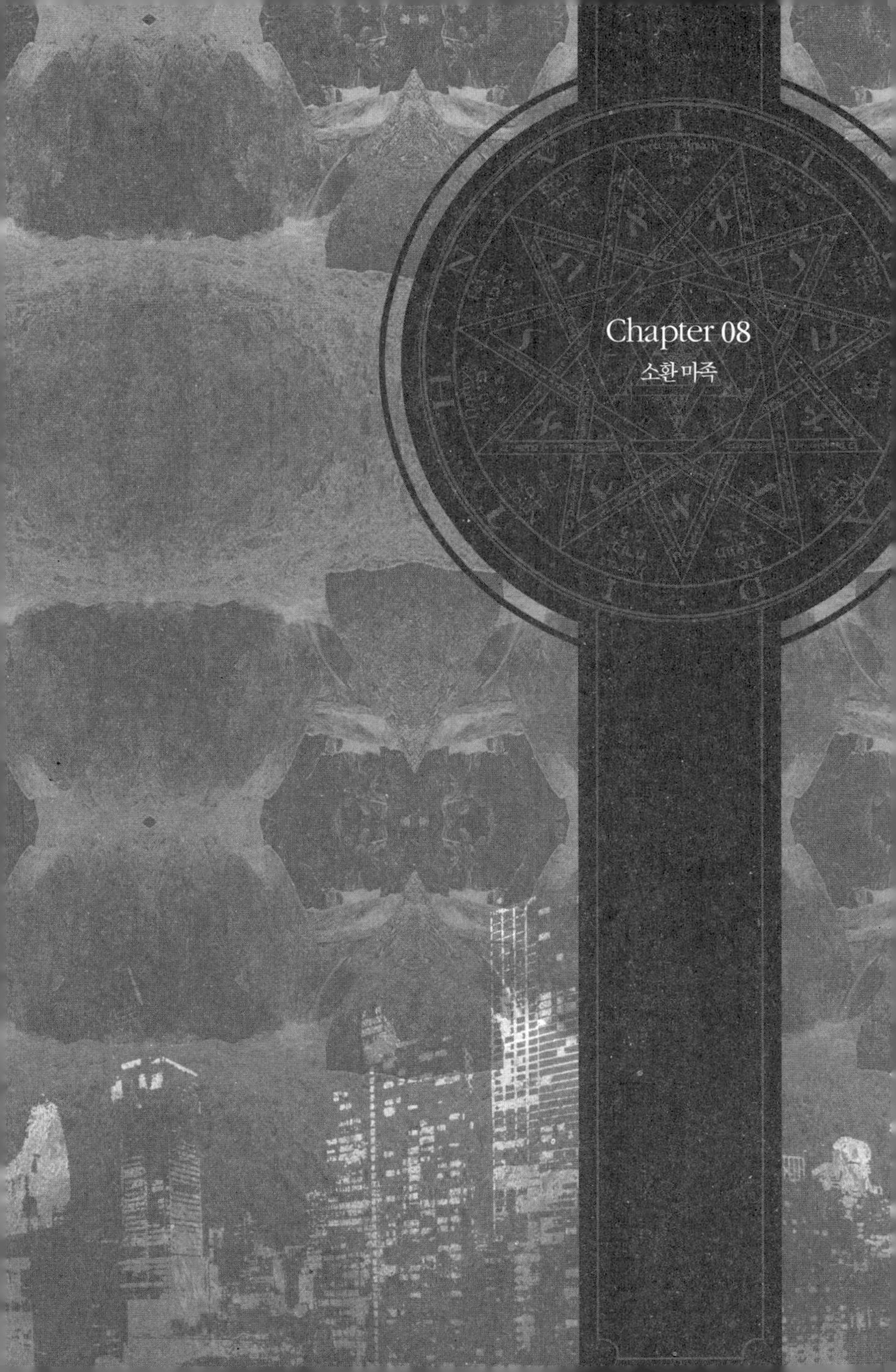
Chapter 08
소환 미족

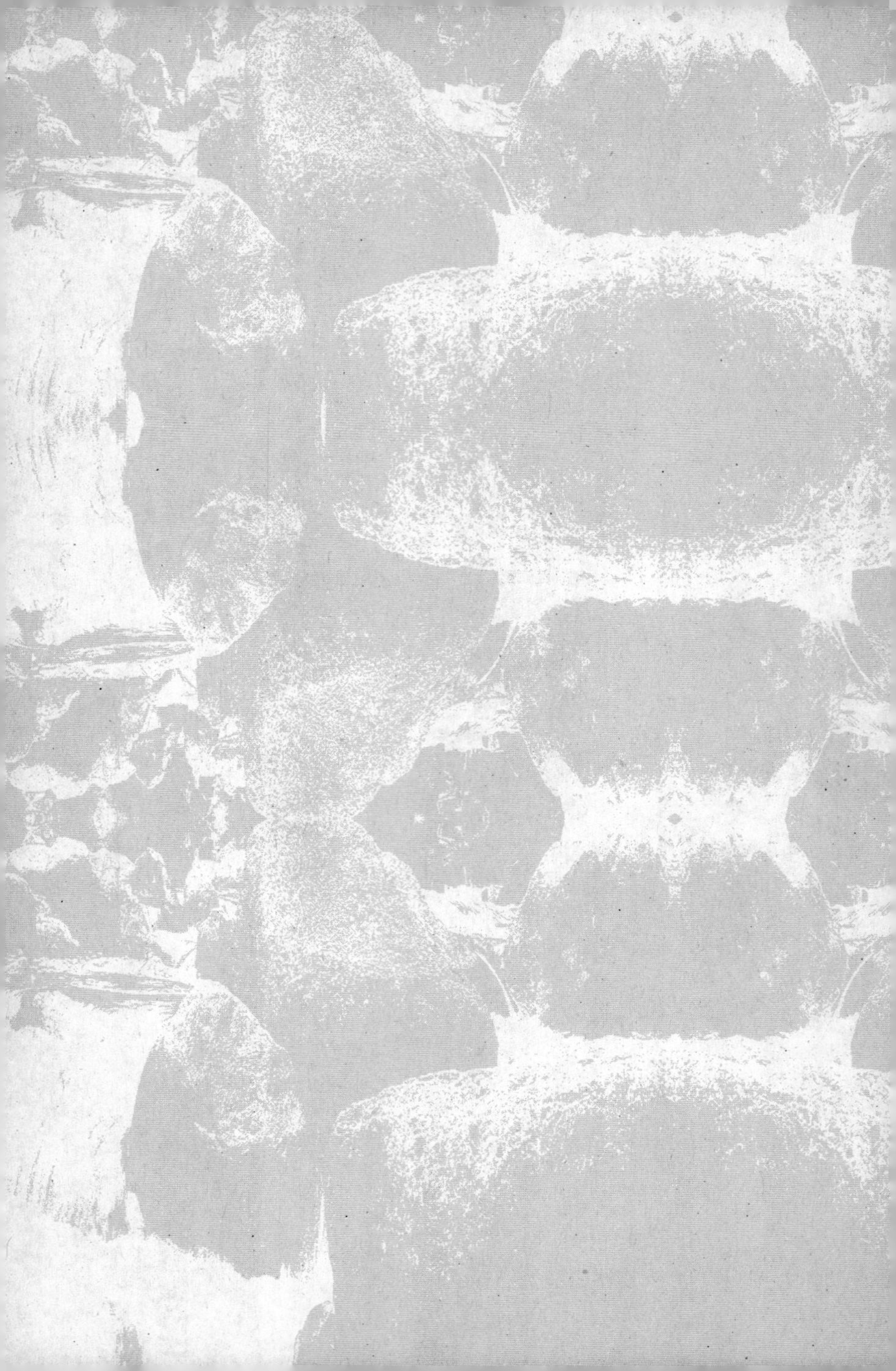

　아자젤을 만나고 난 뒤 백호연은 아주 대동그룹의 회장실에서 살다시피 했다.

　처음이야 테른이 기이한 모습의 아자젤과 같은 종족이라는 것에 거부감이 약간 있었지만 그것도 잠시였다. 평소와 다름없는 테른의 행동과 모습에 경계심은 금방 사라져 버렸고, 마리아도 다시 본래의 테른을 대하듯 했다.

　그런데 그러던 중 테른이 무심코 한마디 했는데 그 이야기를 들은 백호연이 떠날 생각을 안 하는 것이다.

　"테른, 아직도 소식이 없는 겐가?"

　백호연은 소파에 앉아 시리가 가져다준 녹차를 마시면서 티브이도 보고 뒹굴면서 시간을 때웠다. 그러다 가끔 불현듯 테른에게 저렇게 물어보는 것이다.
　하지만 테른의 대답은 언제나 하나였다.
　─기다리면 소식이 오겠지요.
　"쳇, 그 뭐냐, 자네의 그 순간이동 능력으로 샅샅이 뒤지고 다니면 되지 않아?"
　무슨 순간이동 능력이 만능인 것처럼 말하는 백호연의 모습에 테른은 웃으면서,
　─전 신이 아닙니다.
　"뭐… 그냥 그렇다는 거지. 에고, 지겹다, 지겨워. 언제까지 이렇게 백련교 녀석들을 기다려야 하는 거야."
　지금 백호연이 기다리는 것은 바로 백련교 녀석들이었다.
　소환은 거리의 제약이 있다. 아자젤이 한국에 나타난 것은 분명 소환의 주체인 백련교 녀석들이 서울에 숨어 있기 때문일 것이다.
　테른은 무심코 이 이야기를 했다.
　그 말을 들은 마리아는 곧장 자신의 정보력을 동원해서 찾아보겠다고 했다. 하지만 백호연은 그대로 대동그룹의 회장실에 엉덩이를 깔고 앉아버렸다.
　그리고 벌써 일주일이 넘게 심심하다고 아우성치는 것이

다. 물론 테른이야 애초에 그런 것에 신경도 쓰지 않고 본래 자신이 해야 할 일을 하고 있지만 시리는 백호연이 영 마음에 들지 않는 듯했다.

가끔 손님이 올 때 차를 준비하면 되었던 시리는 이제 시간마다 녹차를 대령해야 했다. 거기다 과자나 먹을거리가 생기면 귀신같이 알아내서 요구해 오기도 했다.

덕분에 시리에게 있어 백호연은 매일 회장실을 청소하게 만드는 쓰레기를 만들어내는 존재로 전락해 있었다.

현재 시리는 테른과 더불어 대동그룹의 실질적인 업무를 나눠서 하는 중이었다. 테른이 결재하는 서류는 시리가 이미 분류한 것으로 정말 일복이 터진 것은 바로 시리였다.

지금 1분 1초를 서류 분류에 써도 모자랄 판에 매 시간마다 녹차를 대령하게 하는 백호연의 존재가 당연히 달가울 리 없었다.

하지만 테른이 그냥 모른 척하라고 했기에 어쩔 수 없이 시중을 들어주고 있는 것이다.

이것이 종속된 자의 비애였다.

지금도 어김없이 정각이 되자 시리가 녹차를 준비해 가져다주고 나갔다. 그리고 시리가 나가는 모습을 끝까지 지켜보던 백호연은 슬쩍 테른에게 다가와서는,

"비서… 끝내주는구만?"

─네.

"자네 비서인가?"

─마스터의 비서입니다.

"결혼은 했고?"

─모릅니다.

"애인은 있고?"

─모릅니다.

시리에게 관심이 있는지 유심히 지켜보더니 결국 테른에게 질문 공세를 퍼붓기 시작했다. 하지만 테른이 백호연에게 시선도 돌리지 않은 채 모른다로만 대답하자 결국 백호연이 먼저 지쳐 버렸다.

"쳇, 뭔 사람이 그렇게 융통성이 없어? 지금까지 세계 곳곳을 다녀봤지만 저만한 미인은 처음 봐서 궁금해서 그런 건데……."

테른의 반응에 심통이 났는지 한마디 하자 테른은 조용히,

─유부남이 여자를 탐하면 죄가 됩니다.

흠칫!

테른의 유부남이라는 말에 갑자기 몸을 움찔하더니 결국 그대로 소파로 가 티브이로 시선을 돌렸다.

그때,

─회장님, 이번에 출시할 W패드2 테스트 제품 가져왔습

니다.

그동안 애초의 계획과 달리 천산그룹과 영국의 템플재단의 도움까지 받아서 거의 두 배 이상의 업그레이드를 거친 최종 테스트용 제품이 온 것이다.

"응?"

백호연은 시리가 쟁반 같은 것을 들어 들어와 테른에게 넘겨주는 것을 보았다. 그것을 받은 테른이 손가락으로 쟁반을 한참 만지작거리자 흥미가 동한 그가 슬쩍 옆으로 가 내려다보았다.

"뭐지?"

몇 년간 티베트 산속을 헤매고 다니고 별다른 일이 없는 한 도시로 나온 적이 없는 백호연은 W패드를 생전 처음 봤다. 슬그머니 테른에게 다가가 쳐다봤는데 손가락으로 문지르자 화면이 바뀌고 뭔가 떴다가 사라지고 다시 뜨고 신기하게 움직이는 것이다.

"이건 뭔가?"

백호연이 물어보자 테른은,

─저희가 이번 달 말에 출시할 W패드2 최종 테스트 제품입니다.

"W패드?"

이름조차 생소한 백호연은 그 후로 한참이나 성능 테스트를 하는 테른 뒤에서 정신없이 W패드2를 지켜봤다. 그러다 테른이 그런 백호연의 모습에 피식 웃으면서 책상에서 이미 출시한 W패드를 꺼내주자,

"나 주는 건가?"

ー필요하다면 쓰셔도 됩니다.

테른이 그냥 준다고 하자 냉큼 낚아챈 백호연은 그걸 들고 소파로 가더니 한참을 만지작거리면서 정신없이 W패드에 빠져들었다.

어느 정도로 빠져들었냐 하면 매 시간마다 시리를 호출해서 녹차를 가져다 달라고 말하던 것을 잊어버렸을 정도이니 무슨 말이 필요하겠는가.

그렇게 몇 시간을 가지고 놀던 백호연이 갑자기 벌떡 일어서더니,

"테른, 이거 갑자기 꺼졌어."

ー충전하면 됩니다.

"충전? 아, 휴대폰 충전하는 것처럼 말이지?"

W패드라는 제품 자체를 처음 봤을 뿐이지 백호연이 어수룩하거나 바보는 아니었다. 곧바로 어댑터를 테른에게 받아온 백호연은 이제는 어댑터를 꽂아 충전하면서 사용하기 시작했다.

이미 W패드는 W스토어를 통해 수만 가지 어플이 존재했

고, 그중에는 유료 어플도 있고 무료 어플도 있었다. 특히나 게임 어플이 많았는데 어쩌다 틀린 그림 찾기 어플을 하나 받았는데 그것을 하다 보니 자신도 모르게 빠져든 것이다.

─크크크크크큭.

성격이 애어른 같은 백호연이기에 호기심이 많아서 그런지 W패드를 금방 능숙하게 다루었다. W패드는 중국어도 이미 지원하고 있기에 알아서 중국어로 바꾸더니 그 후로는 마치 본래 W패드가 자신의 것인 양 신나게 가지고 놀기 시작했다.

지금 백호연이 가지고 놀고 있는 W패드는 조만간에 W패드2 출시와 함께 완전히 탈바꿈한 펌웨어로 업데이트할 것을 미리 설치한 것이었다.

이번 펌웨어는 무조건 쉽고 편하고 초보자도 금방 사용할 수 있도록 만드는 게 그 목표였는데 뜻하지 않게 테른은 백호연을 통해 이번 펌웨어가 얼마나 쉬워졌는지 현장에서 확인할 수 있는 계기가 되었다.

딸각.

한참을 가지고 놀던 W패드를 갑자기 내려놓은 백호연은 시뻘겋게 충혈된 눈을 애써 끔뻑거리면서 기지개를 한번 펴더니 테른이 들고 있는 테스트용 W패드2에 시선을 돌렸다.

테른도 때마침 기지개 펴는 백호연의 모습을 바라보다가

딱 서로 시선이 마주쳤는데,

"그거… 나 주면 안 돼?"

뻔뻔함의 극을 달리는 백호연의 말에 테른은 냉정하게 고개를 저으면서,

─최종 테스트 제품입니다. 현재 이것 하나가 전부입니다.

"쩝, 그래?"

이미 판매 중인 구형 W패드를 사용해 본 뒤라 지금 테른이 점검하고 있는 W패드2가 너무나 탐이 나기 시작한 것이다. 몇 시간 전에 뒤에서 구경할 때 봤던 성능이 백호연의 뇌리에서 도저히 떠나지 않고 있었다.

물론 구형 W패드도 충분히 재미있었다. 수만 가지 어플도 있고 여러 가지 신기한 것도 많았다. 하지만 역시나 써본 사람이 아는 법이다. W패드2가 너무나 탐이 나는 것이다.

결국 완전히 W패드2에 시선을 빼앗겨 버린 백호연은 지금까지 잘 가지고 놀던 구형 W패드를 대충 만지작거리면서 틈만 나면 테른이 가지고 있는 W패드2를 훔쳐봤다.

상황이 이렇게 되니 테른은 성능 테스트가 끝나자 시리를 불러 이대로 출시하도록 지시하고는 테스트용 W패드2를 백호연에게 넘겨주었다.

물론,

─빌려 드리는 겁니다. 나중에 가져가야 합니다.

“당연하지.”

결국 원하는 바를 이룬 백호연은 W패드2가 정식으로 출시되는 날까지 테스트용 제품을 끼고 살았다.

그렇게 시간이 흘러 W패드2는 무사히 출시가 되었고, 출시되자마자 또다시 공전의 히트를 기록하기 시작했다.

판매점 앞에는 새벽부터 줄을 서서 기다리는 사람이 즐비했고, 제품이 출시되자마자 사용 후기가 인터넷을 점령했다. 한동안 W패드2라는 검색어가 최상위를 차지하고 있을 정도였다.

그리고 그에 맞춰 진행된 대대적인 구형 W패드 펌웨어 업데이트는 아직 W패드2를 사지 못한 유저에게도 커다란 희소식이었다. 완전히 탈바꿈한 이번 펌웨어는 너무나 편하고 쉽게 만들어졌다는 게 사람들의 평가였고, 지금까지 사용이 번거롭고 불편해서 일반 유저가 만들어 올리는 자작 펌웨어를 사용했던 불편함을 완전히 없애 버렸다는 평가가 지배적이었다.

오죽하면 이번 구형 W패드 펌웨어 업데이트로 인해 70 먹은 노인이 그리 불편하지 않게 사용할 정도였으니 말이다.

무엇보다 가장 주목을 받은 것은 출시 전까지 비밀리에 감추고 있던 보이스 채팅 시스템이었다.

말을 하면 그 말을 인식해서 단어로 바꿔주는 것이다.

이건 장애인이나 노인을 위한 시스템으로 오희연이 강력하게 추진한 프로젝트였다.

역시나 오희연의 예측이 정확했는지 이번 업데이트로 인해 W패드는 거의 가장 완벽에 가까운 전자 기기로 평가 받았다.

동시에 시대를 바꾼 전자 기기로도 선정되었다.

"축하해요!"

마리아가 찾아와서 W패드2 성공과 구형 W패드의 업데이트로 인해 엄청난 인지도 상승을 가져온 것을 축하하자 테른은 그저 웃을 뿐이었다.

아주 잠시 동안이지만 평화롭고 평범하게 하루하루가 흘러갔다.

마리아가 저녁에 조용히 테른을 찾아와 '축하 인사'가 아닌 정보를 전달하기 전까지는 말이다.

"그러니까… 발견했다는 거군."

그동안 W패드에 빠져 살던 백호연의 멍한 눈동자가 한순간에 사라졌다. 테른도 평범함 속에 감추고 있던 날카로운 눈빛이 되살아났다.

"맞아요. 생각보다 가까운 데 있었어요. 등잔 밑이 어둡다고 해야 하나. 아무튼 지역은 인천이에요."

―인천?

의외로 너무 가깝다. 설마 같은 도시 안에 있을 줄은 전혀 생각도 못한 것이다. 하지만 그건 테른의 생각일 뿐이다.

"인천이 중국 노동자들도 많고 외국인 노동자가 많아서 오히려 백련교 녀석들이 숨어 있기에 최적의 장소였어요."

마리아도 마지막에 찾고 나서 이마를 쳤을 정도다. 설마하니 같은 지역에 숨어 있을 줄은 전혀 예상치 못한 것이다.

"정보원의 정보에 의하면 오늘 밤 또다시 소환 의식이 이뤄진다고 해요."

"또?"

백호연은 아자젤 같은 녀석을 또 불러낸다는 말에 몸서리쳤다.

"절대로 안 되지!"

아무리 소환체지만 인간이 어찌할 수 없는 전혀 다른 존재다. 물론 마스터인 백호연과 마리아에게는 어떻게 해볼 수 있는 수단이라도 있지만 평범한 사람들에게는 완전 속수무책이나 다름없었다. 이미 국정원 요원들이 허무하게 죽어나가는 것을 직접 보지 않았던가.

―정확한 시간을 아십니까?

흥분한 백호연과 달리 테른은 시종일관 침착한 모습으로

조용히 마리아에게 질문했다.

"예상으로는 다섯 시간 뒤인 새벽 한 시쯤으로 예상하고 있어요."

다섯 시간 뒤라는 말에 백호연은 곧바로 뛰쳐나갈 기세였다. 하지만 곧 멈추고는 다시 되돌아왔다.

"아무리 빨라도 자네 능력보다는 느리겠지."

이미 순간이동을 한번 접해본 백호연은 완전 열렬한 순간이동 지지자가 되어버린 상태였다. 마리아는 그런 백호연의 모습에 피식 웃었다.

사실 마리아가 백련교를 찾는 데 이렇게 시간이 오래 걸린 것은 처음에 수색 방향을 잘못 잡은 것 때문이었다. 그저 중국 교포를 상대로 찾다 보니 당연히 시간이 오래 걸릴 수밖에 없었다.

그러다 우연히 어린아이 실종 사고가 인천 지역에서 정기적으로 일어난다는 것을 알게 된 것이다. 그제야 마리아는 무릎을 치면서,

"제물이 필요한 거구나."

이미 소환한 아자젤은 테른이 강제로 역소환시켜 버린 상태였다. 한 번에 여러 존재를 소환하지 않은 이상 이미 가버린 아자젤 대신 다른 마족을 소환할 것이 분명했는데 마리아는 그걸 놓친 것이다.

마리아는 조사 방향을 실종 사건으로 완전히 바꾸었다. 그러자 의외로 손쉽게 찾아낼 수 있었다.

곧 있을 2002 한일 월드컵 때문에 모든 경찰의 눈과 귀가 공항과 테러 가능 지역으로 쏠려 있는 지금의 상황에 어린애 실종 사건은 그냥 유야무야 넘어갈 수도 있었다.

보통 때라면 어린애 실종이 정기적으로 일어난다면 위험하겠지만 월드컵이라는 커다란 국제 경기를 앞두고 있는 지금은 범죄의 사각지대에 놓인 것이나 마찬가지였다.

"결정은 테른 씨가 하세요. 원한다면 특수부대까지 동원할 수 있어요."

이미 국정원에 정보를 흘릴 준비까지 마친 상태인 마리아는 최종적으로 테른의 결정만 기다리고 있었다. 만약에 소환이 성공한다면 현재 테른이 가장 확실하게 마족을 막을 수 있는 존재였으니 말이다. 아자젤을 너무나 간단하게 역소환시켜 버렸으니 크게 어려움이 없을 것으로 예상했다.

─저희끼리 가는 것이 가장 확실하면서도 안전할 겁니다.

테른은 굳이 평범한 사람들을 끌어들여 피를 흘려 마족에게 즐거움을 선사할 생각은 전혀 없었다.

이번에는 미리 알고 준비할 시간이 충분하기 때문에 마리아는 자신의 롱소드를 가져왔고, 백호연도 자신이 즐겨 입는 중국 전통 의상으로 갈아입고 손에는 특이한 것을 끼고 나타났다.

모습은 건틀릿 같기도 하지만 움직임이 너무나 부드러웠다. 자세히 보니 가죽장갑에 수십 조각의 철 조각을 하나하나 붙여서 만든 것으로 강도는 총알도 튕겨낼 정도로 강하면서 손가락의 움직임은 전혀 제약이 없을 만큼 편안한 것이었다.

주로 주먹을 사용하고 권으로 마스터에 오른 만큼 다른 무기는 사용하지 않았다. 하지만 요즘 같은 시대에 총만큼 무서운 게 없다.

마리아나 베이스퍼는 검을 주로 다루기에 검으로 충분히 총알 정도는 피하거나 막아낼 수 있다. 하지만 권을 사용하는 백호연은 맨몸으로 총을 상대해야 하는 경우가 많았다. 그러다 보니 만들어낸 것이 바로 현재 사용하는 권갑(拳鉀)이었다.

―특이하군요.

기사들이 사용하는 건틀릿만 봐온 테른에게도 백호연의 권갑은 가볍고 효율성이 높으면서도 손가락을 움직이는 데 전혀 거침이 없었다.

다만 철판을 하나씩 제작해서 가죽장갑에 단단히 고정시켜야 하는 것으로 실제로 생산한다면 대량생산이 불가능할 정도로 손이 많이 가는 것이 최대 단점으로 보였다.

쾅쾅!

양손에 권갑을 끼고 힘껏 주먹을 맞부딪치는 백호연은 어지간히 좀이 쑤신 모양이었다.

그런데 테른의 한마디가 막상 여유있게 움직이려던 일행의 기분을 한 번에 뒤집어 버렸다.

—이런, 이곳은 제가 가본 적이 없는 곳이군요. 그래도 제가 아는 사람이 근처에 있다면 어떻게 찾을 수는 있지만…….

그렇다. 순간이동 마법이라고 만능은 아니었던 것이다. 테른이 한 번 가본 곳이나 테른이 알고 있는 사람이나 존재가 있어야만 순간이동이 가능한 것이었다.

"이런……."

순간이동으로 순식간에 휙 하고 날아갈 것을 기대했던 백호연은 실망했고, 마리아도 설마 그런 제약이 있는 줄은 생각지도 못했기에 당황했다.

—별수 없군요. 직접 찾아가는 수밖에.

본의 아니게 보통 사람과 같이 차를 타고 가야 하는 지경에 놓인 것이다. 물론 테른 혼자라면 알아서 어둠 속에 몸을 감춰서 빠르게 이동할 수 있지만 어둠 속에 몸을 동화시킬 수 있는 건 혈족에게만 가능했다. 일반 사람인 백호연과 마리아는 불가능한 것이다.

그렇다고 테른이 먼저 갔다가 다시 이들을 데리러 오는 것은 테른이 귀찮았다. 그리고 굳이 그렇게까지 수고해야 할 이유도 느끼지 못했다.

아직 시간도 넉넉하게 남아 있기에 그냥 각자의 차로 이동하기로 했다.

그들은 지하 주차장으로 내려갔다. 지하 주차장에서 테른이 타는 차를 본 백호연은,

"이건… 뭐야?"

―마스터 것입니다.

"그래? 험험, 굉장하네."

운전석이 중앙에 있는 맥라렌의 특이한 구조 때문이라도 백호연의 호기심을 자극하기에 충분했다. 그러다 마리아가,

"차라리 그 차로 함께 이동하죠? 따로 이동하기보다 그게 나을 것 같은데."

백호연에게는 마리아의 말이 그렇게 좋게 들릴 수가 없었다. 타보고는 싶지만 자신의 차가 저기 눈앞에 있으니 태워달라고 하기도 그래서 망설이고 있는 중이었기 때문이다.

―그러죠.

테른도 쿨하게 승낙하자 3인승짜리 맥라렌의 정원이 모두 차버렸다.

테른이 시동을 걸자 오랜만에 움직이는데도 굉음을 울리면서 시원스럽게 빠져나가는 맥라렌이었다.

끼익~

"여기예요."

마리아는 미리 자신의 부하들에게 받은 정보를 기본으로
해 찾아왔다.

약간 외곽 지역으로 인근에 주택은커녕 사람이 살 만한 집
한 채 없는 곳이었다. 그런데 그런 곳에 허름한 공장 하나가
떡하니 서 있었다.

이미 사람의 손을 거치지 않은 지 몇 년은 되어 보이는 허
름한 외관부터가 이미 을씨년스러운 분위기를 만들어냈다.
마치 공포 체험이나 귀신 이야기에 자주 등장하는 그런 분위
기가 물씬 풍기는 것이다. 아직 해가 완전히 지지 않은 상황
인데도 이 정도 분위기를 풍긴다면 해가 떨어진 밤에는 사람
이 일부러라도 접근하지 않을 것 같았다.

"크크큭, 이거 완전 마교 녀석들이 좋아하는 분위기잖아?"

백호연은 이미 인간을 제물로 소환 의식을 하고 있는 백련
교 녀석들을 더 이상 백련교라 부르지 않고 있었다.

이미 마족도 눈으로 확인했고 어린애를 납치한다는 정보
도 받은 이상 비록 분리되어 악의 길로 빠진 백련교 녀석들이
지만 인간으로 생각지 않고 있었다.

마리아도 자신의 롱소드의 손잡이를 한 번 잡았다가 놓았
다.

뭔가 일이 있기 전에 습관처럼 하는 행동으로 긴장을 가다듬고 마음의 준비를 하는 마리아만의 행동이었다.

─빌려 드릴까요?

테른이 다시 전에 빌려주었던 붉은 검신의 검을 꺼내 마리아에게 슬쩍 보여주자 순간 눈동자가 흔들린 마리아였다. 하지만 곧 고개를 흔들면서 애써 거절했다.

왠지 저 붉은 검을 자주 만지게 되면 더 이상 유혹에서 헤어 나올 수 없을 것 같다는 생각이 들었기 때문에 일부러 거절한 것이다.

물론 마리아의 롱소드도 결코 나쁜 검은 아니었다.

영국에서 알아주는 명장이 직접 2년에 걸쳐 만든 것으로 마리아에게 딱 맞게 맞춤 제작된 것이다.

롱소드의 균형을 맞추는 데만 무려 1년의 시간을 들였을 만큼 마리아는 지금 자신의 허리에 있는 롱소드에 엄청난 애정을 쏟아부었다.

그리고 지금까지 자신의 검과 비슷한 수준의 검은 가끔 본 적이 있지만 테른이 빌려준 붉은 검만큼 압도적으로 완벽한 검은 본 적이 없기에 그 유혹을 쉽게 뿌리칠 수 없는 것이다.

검을 다루는 기사에게 검은 평생을 함께해야 할 친구이자 자신의 생명이었다.

당연히 더 좋고 더 강한 검에 끌리는 건 어쩔 수 없는 본능이었다.

하지만 그렇다고 현중의 검을 탐할 수는 없었다.

좋은 검은 그만큼 마력이 있었다.

물론 그냥 좋은 검이라면 어떻게든지 손에 넣고 싶은 게 마리아의 솔직한 심정이었다.

하지만 현중의 검이라는 게 마리아의 마음을 돌리게 만드는 가장 커다란 역할을 했다.

현재 마리아에게는 아무리 좋아도 현중에게 미운 털 박힐 짓은 하기 싫기 때문이다. 사랑하는 사람의 것을 탐할 수는 없는 것이 아닌가?

어쩌면 아직 마음속으로는 붉은 검을 사용하고 싶다는 감정과 현중을 사랑하는 감정이 그녀를 어지럽게 만들 수도 있었다.

다만 현재는 붉은 검보다 현중을 향한 마음이 더욱 강했다.

"아니에요. 이제는 제 검이 있으니까요."

마리아가 거절하자 테른은 자신이 들었다.

그런데 엉뚱하게 백호연이 또다시 테른의 붉은 검에 시선을 집중하더니,

"특이하군. 붉은색의 검날을 가진 검이라니……."

웬만해서는 붉은색을 가진 검은 찾아보기 힘들었다.

그도 그럴 것이, 검을 이루고 있는 것은 지구에서 나오는 금속이 아니었다.

오직 대륙에서만 나오는 금속을 검을 만든 명장 개인만의 방식으로 금속끼리 합금해 만든 검이었다.

대륙에서도 유일하게 이 검 하나뿐이었다.

만든 사람이 죽어버렸으니 더 이상 만들 수 있는 사람이 없었기 때문이다.

그렇게 각자 무기를 점검하고 나서 일부러 차를 멀리 세웠기에 걸어서 공장으로 걸어가기 시작했다.

뭐 별다른 장애물도 없었고 일직선으로 걸어가면 되는 거리였다.

그런데 몇 발자국 걸었을까?

테른이 돌연 걸음을 멈췄다.

우뚝.

"왜 그래요?"

바로 뒤에서 걷던 마리아가 묻자 테른은 얼굴을 찡그리면서 공장을 한참이나 지켜보더니 뭔가 못마땅한 표정을 짓기 시작했다.

"왜 그러는데?"

백호연까지도 아무 말 없이 가장 앞에서 멈춰 버린 테른의 모습에 다가왔다.

하지만 여전히 입을 다물고 있는 테른이었다.

그러다 한참 뒤에 고개를 돌리면서 백호연과 마리아를 향해,

—무겁군요.

돌연 혼잣말을 하듯 조용히 중얼거린 테른은 찡그린 인상이 펴질 줄을 몰랐다.

지금 테른이 걸음을 멈춘 것은 뭔가 이질적이면서도 본능적으로 위험하다고 느끼고 있기 때문이다.

지구로 넘어온 이후로 이런 느낌을 감지한 것은 처음이다.

마계에서 살아갈 때나 느낄 수 있던 느낌인 것이다.

거기다 버려진 허름한 공장에서 느껴지는 무거운 감각은 뭐라고 설명하기도 애매한 것으로 실체가 없는 공포를 맞이한 것 같았다.

그렇기에 궁금해하는 마리아나 백호연에게 뭐라고 설명하고 싶어도 설명할 수가 없었다.

경고를 할 만큼 위험하다는 느낌도 아니고 그렇다고 그냥 가자니 꺼림칙한 것이다.

"뭐해? 설마 귀신이 무서워서 멈춘 건 아니지?"

백호연이 장난치듯 슬쩍 테른에게 농을 걸었지만 테른은 신경도 쓰지 않았다.

　그렇게 몇 분을 가만히 서서 버려진 공장만 바라보던 테른은 결국 걸음을 다시 옮겼다. 보이지 않고 확실하지 않는 것을 느낌만으로 판단하기에는 현재 정보가 너무 부족하기 때문이다.

　현중과 같이 있다 보니 일단 모르는 것은 부딪쳐 보고 판단하는 게 은근히 몸에 배어 버린 테른이었다.

　“뭐야?”

　백호연은 테른의 이상한 행동이 궁금했지만 표정이 너무 심각해서 우선은 그냥 참았다.

　천천히 걸어서 그런지 생각보다 조금 더 시간이 걸려 공장 앞에 도착했다.

　녹이 슨 공장의 철문이 일행을 막아섰지만 이미 이들에게 이런 것은 아무런 문제가 되지 않았다.

　“흡!”

　먼저 백호연이 짧은 호흡과 함께 벽을 한 번 박차더니 철문을 훌쩍 뛰어넘어 버렸다.

　뒤따라 마리아도 가볍게 넘었다.

　타탁, 타탁.

　“응? 언제 넘어왔어요?”

　마리아와 백호연은 땅에 발을 디디고 나서야 테른이 자신들 옆에 있다는 것을 깨닫고는 흠칫했다.

테른이 뛰어넘는 것을 보지 못했기에 뒤에 올 줄 알았는데 먼저 와서 기다리고 있었던 것처럼 옆에 서 있다.

―가죠.

별것 아니라는 듯 테른이 다시 앞장을 섰고, 백호연이 중앙에, 뒤는 마리아가 자리 잡았다.

이건 자연스럽게 만들어진 포메이션이었다.

백호연은 권을 사용하기에 리치가 짧은 대신 갑작스런 이상에 빠르게 대처할 수는 있다. 하지만 검을 가지고 있는 테른이나 마리아에 비해 리치가 짧다는 게 아무래도 뒤에 서기에는 무리가 있었다.

그것을 백호연 스스로도 알고 있기에 누가 시키지도 않았는데 중앙에 서게 되었다.

어딘가 모르는 곳을 가거나 위험이 많은 곳을 갈 때 인원이 몇 명이 되었든지 포메이션이 가장 중요하다. 누가 어디에 어떻게 서 있느냐에 따라 아무리 유능한 파티라도 쉽게 허물어질 수 있었다.

하지만 테른이나 백호연, 마리아는 이미 실정 경험도 많고 누구보다 자신의 장점과 단점을 잘 알고 있기에 자연스럽게 테른, 백호연, 마리아 순이 된 것이다.

"별거 없는데?"

막상 공장에 들어왔지만 뭔가 특이한 것이 없었다.

보통 이런 곳에는 안에 들어오면 시체 썩는 냄새나 피 냄새가 진하게 풍겨야 했다.

하지만 백호연의 코에 느껴지는 것은 어디서나 맡을 수 있는 그냥 평범한 냄새가 전부였다.

풀 내음과 함께 가끔 기름 냄새가 나긴 했지만 그뿐이었다.

"음……."

마리아도 자신이 받은 정보와 너무 다른 공장의 실내를 보고는 혹시 정보가 잘못되었나 하는 생각을 했다. 그런데 이런 이들과 달리 테른은 오히려 공장 안에 들어와서 더욱 얼굴이 굳었다.

"왜 그래요?"

마리아가 가장 먼저 테른의 표정을 알아채고 물어보자,

―긴장하세요.

"네?"

아무것도 없는 버려진 공장 안에서 테른 혼자 잔뜩 긴장한 것도 모자라 마리아와 백호연에게 미리 경고까지 한다.

"무슨 말이야? 여긴 아무것도 없는데."

백호연의 감각에도 그 무엇 하나 걸리는 게 없었다. 물론 마리아도 마찬가지였다.

사람의 기척 하나 느껴지지 않았던 것이다.

정말 외곽에 떨어진 사람의 발길이 끊긴 버려진 공장의 평범한 모습이었다.

—젠장.

"......?"

"......??"

갑자기 테른의 입에서 욕지거리가 튀어나오더니,

화라라라!!

테른의 몸에서 엄청난 기운이 폭발적으로 늘어나 주변의 공기를 뒤흔들었다.

—온다!!

Chapter 09
레치에스

느닷없는 테른의 외침과 함께,

쾅!!

주르륵!

무언가 엄청난 것에 부딪치기라도 한 듯 테른의 몸이 한순간에 몇 미터 뒤로 밀려나 버렸다.

거기서 멈추지 않고,

ㅡ피해!!

테른이 뒤로 밀려나면서도 크게 외쳤다. 본능적으로 뭔가 잘못되었다는 것을 느낀 백호연은 그대로 보법을 밟으면서 순식간에 테른이 밀려난 곳까지 이동했다. 마리아는 자신의 마나를 폭발시키면서 테른 옆으로 급히 옮겨왔다.

지금의 움직임은 테른의 피하라는 말과 동시에 움직인 것으로 테른의 말을 듣고 행한 게 아니라 각자 스스로 본능적으로 움직인 것이다.

콰앙!!

백호연과 마리아가 자리를 피하자마자 마치 커다란 쇠구슬이 내리찍은 듯 공장 바닥이 움푹 파이면서 사방으로 시멘트 먼지가 흩날렸다.

―젠장, 함정입니다.

테른은 설마 함정을 팠을 줄은 예상 못했기에 당황했다. 거기다 지금 자신들을 공격한 녀석은 테른도 잘 알고 있다.

"뭐야, 저건?"

마치 투명한 물로 만들어진 것 같은 커다란 네 개의 팔을 가진 것이 느릿느릿하게 움직였다. 네 개의 팔 길이가 너무 비상식적으로 길었고 주먹으로 생각되는 부분은 커다란 쇠구슬 모양으로 되어 있었다.

[끄어어어아가!!]

휘익!!

―우선 피하세요. 저 녀석은 제가 처리하죠.

테른은 우선 백호연과 마리아를 양쪽 옆으로 피하게 했다.

상대는 혼자이니 시선을 분산시키겠다는 것도 있지만 그들을 피신시키는 게 우선이었다.

—젠장, 보르텔까지 소환했단 말인가.

보르텔, 마계에서는 마물과 마족의 경계에 있는 녀석으로 지능이 있지만 그 수준이 매우 낮았다.

하지만 보르텔은 마계에서 전쟁이 일어나면 가장 필수적인 녀석이다. 그 네 개의 커다란 주먹으로 내려찍으면 웬만한 하급 마족은 그냥 한 번에 소멸되어 버릴 만큼 엄청난 위력을 발휘하기 때문이다.

때문에 성을 쳐들어갈 때 성문 파괴 역할을 보르텔이 담당했다.

크기나 위력만 보면 보르텔은 전차급이었다.

하지만 지능이 낮다는 치명적인 단점이 있었다. 그리고 테른은 누구보다 보르텔의 약점을 잘 알고 있었다.

타타타타타탁!!

테른은 곧바로 마리아와 백호연이 양쪽으로 갈라지자 순간 주춤한 보르텔을 향해 그대로 돌진했다.

빠르게 이동한 테른은 멈추지 않고 보르텔의 가슴을 향해 힘껏 뛰어올라 가슴을 한번 살짝 밟아주고서, 그 힘을 이용해 그대로 보르텔의 머리 위를 훌쩍 뛰어넘더니 뒤통수에 내려섰다.

─마기 폭발!

마족을 상대로 타격을 입히기에는 가장 단순하지만 확실한 방법이 마기를 응축해서 직접 접촉해 폭발시키는 방법이었다.

마기 폭발을 뒤통수에 박아 넣자,

[크아라라라라라라라!!]

고통스러운 듯 비명을 지르면서 네 개의 팔을 사방으로 흔들어대던 보르텔은 곧 그대로 쓰러졌다.

쿵!!

덩치만큼이나 무게도 상당한지 쓰러진 뒤에도 역소환되는데 제법 시간이 걸렸을 정도다.

그렇게 보르텔이 사라지고 나자 마리아와 백호연이 테른에게 다가왔다.

"방금 그거 뭐야?"

백호연은 태어나서 저런 녀석은 본 적이 없기에 놀라서 물어봤지만 테른은 그런 것을 일일이 설명할 시간이 없었다. 함정인 것을 알았다면 다음 해야 할 행동은 당연히 한 가지뿐이었다.

─탈출합니다. 함정입니다.

"어째 너무 조용하더라니."

백호연도 마치 기다렸다는 듯 보르텔이 갑자기 나타난 것부터 석연치 않았다. 테른의 말을 들은 그는 고개를 끄덕이면서 자신들이 들어온 곳을 향해 뛰었다.

그런데 그런 움직임은 몇 미터 가지도 못하고 멈출 수밖에 없었다.

─젠장, 봉쇄진까지…….

테른과 마리아, 백호연이 곧장 밖으로 나가기 위해 뛰자 바닥에서 갑자기 환한 빛이 뿜어져 나오더니 기이한 모양의 문양을 만들어냈다. 그 순간 반투명한 막이 생기면서 일행을 순식간에 가둬 버렸다.

"봉쇄진?"

─마족을 가둬두기 위해 만들어진 것입니다. 물론 인간도 마찬가지구요.

테른의 설명에 백호연은 자신들을 막아선 투명한 막으로 다가가더니,

"흐읍!!"

호흡을 크게 들이쉬고는 마나를 최대한 활성화해서 주먹에 집중한 다음 그대로 내질렀다.

꽝!!

"이크!!"

마나를 가득 실은 백호연의 영춘권 특유의 찌르기가 투명한 막에 닿자 커다란 소리가 울리는 것과 동시에 백호연이 뒤

로 튕겨 나갔다.

―봉쇄진은 아무리 때려도 소용없습니다. 강하게 타격하면 할수록 그만큼 되돌려 줍니다.

테른도 봉쇄진만큼은 현재로서는 방법이 없었다. 봉인이 풀렸다면 몰라도 현재는 봉인 상태다. 본래라면 이따위 봉쇄진은 단번에 부숴 버렸을 테지만 지금은 봉쇄진에도 어떻게 할 방법이 없는 것이다.

[오랜만이구나, 테른 프롬발.]

봉쇄진의 투명 막을 어떻게든지 뚫어보려고 집중하고 있던 테른은 뒤에서 들리는 목소리에 고개를 돌렸다.

그곳에 웬 열 살 정도 되어 보이는 어린애 하나가 히죽거리면서 서 있는 것이 아닌가.

"웬 어린애지?"

마리아는 어린애가 이곳에 있다는 것이 이상했지만 별 생각 없이 다가가려 했다.

덥석.

마리아가 어린아이에게 다가가기 위해 한 발 떼자 테른이 곧바로 마리아의 손목을 잡았다.

"왜 그래요?"

―물러나세요.

테른은 거의 핏기가 사라진 것 같은 표정으로 마리아에게 별다른 설명 없이 그녀를 뒤로 물렸다.

백호연과 마리아 둘의 앞을 그가 막고 섰다.

[크크크큭, 인사도 없는 것이냐?]

어린아이 입에서 나왔다고는 생각할 수 없는 굵은 목소리가 테른뿐만이 아니라 마리아와 백호연의 귀에도 들렸다.

―레치에스(Lechies)… 설마…….

테른은 어린아이 입에서 레치에스의 목소리가 들리자 최악의 상황이 머릿속에 떠올랐다.

[크크크큭, 아자젤에게 이야기 들었다. 네놈이 이곳에 살아 있다고 말이야. 그리고 소환이 아닌 다른 방법으로 이곳에 완전체로 있는 것 같더구나. 그래서 나도 조금 생각을 바꿨지.]

레치에스는 실제로는 마족이기보다는 정령에 가까웠다. 숲을 사랑하고 숲에서만큼은 무한한 힘을 발휘하는 능력을 가지고 있었다.

하지만 천성이 게으르고 누군가 참견하는 것을 극히 싫어해서 마족들 사이에서도 꺼려하는 마족 중 하나였다. 아웃사이더라고나 할까? 홀로 엉뚱한 행동과 생각을 잘하는 성격 탓에 다른 마족들과 다툼이 제법 있었다.

하지만 마족들 사이에서 공통적으로 소문난 것이, 바로 미친 마족이었다. 마족조차 생각조차 해본 적이 없는 실험이나 마법을 만들어 사용하거나 자신의 호기심을 위해서는 무엇이

든 가리지 않는 집요함까지 있었다.

그런데 그 누군가의 명령을 듣는 것을 극도로 싫어하고 게으른 레치에스가 지구에 나타났다는 것에 테른의 긴장은 최고조에 올라 있었다.

마족들 사이에서는 그냥 별난 마족으로 알려져 있지만 실상은 완전 달랐다.

그는 거의 마왕에 버금가는 힘을 가지고 있었던 것이다.

마계는 힘이 지배하는 곳이다. 당연히 그곳에서 톡톡 튀는 성격에 별난 취미를 가진 레치에스가 계속 살아남아 있을 수 있는 이유는 지극히 단순했다.

바로 강해서다. 마족들은 싸움을 좋아한다. 그런 마족들 사이에서 별나다는 것은 보기 좋은 먹잇감에 불과했다.

대륙에 있을 때도 귀찮다는 이유로 마계에서 나오지 않던 녀석이 지구에 나타나다니 말이다. 거기다 계약을 통한 어중간한 소환체가 아니라 인간의 몸에 들어가는 강신술(降神術)을 사용했는지 어린아이의 몸으로 나타났다.

강신술로 소환되면 가장 좋은 것이 바로 마계에 있을 때의 힘을 대부분 사용할 수 있다는 장점이 있었다. 물론 강신술로 들어간 인간의 몸이 버티는 한계 안에서 말이다.

그런 강신술에도 단점이 있으니 바로 강신을 받아들이는 인간의 동의가 절대적으로 필요하다는 것이다. 그리고 인간의 이성과 끊임없이 대립한 상태로 들어와야 된다는 것도 문제였다.

그런데 레치에스는 정말 교묘하게도 어린아이의 몸으로 들어온 것이다. 어린아이는 아직 판단 능력이 떨어진다. 그리고 이성적으로 생각하는 능력이 낮다 보니 어린아이의 몸에 강신하게 되면 높은 확률로 완전히 인간의 몸을 차지할 수 있었다.

하지만 대륙에서는 성인으로 인정하는 15세 전까지는 필수적으로 신전을 찾아가 카일라제의 축복을 받는다. 그건 노예부터 이종족까지 구별이 없었다. 그렇게 카일라제의 수호가 있어 마족이 인간의 몸에 들어갈 수가 없었다.

하지만 지구는…….

―비열한 놈.

신이 현재 존재하지 않는 지구는 대륙과 달리 어린아이라는 최고의 강신술 재료가 지천에 널려 있는 셈이었다.

[배덕자 주제에 말이 많구나, 테른 프롬발. 크크크큭.]

대륙의 마족 중에서 유일하게 테른만 인간의 편에 서서 마족과 싸웠던 존재다. 마족의 눈에서 보면 테른은 배신자였다.

복수? 그딴 건 약자들의 핑계에 불과했다. 마족에게 힘이 약하다는 것은 그 어떤 짓을 당해도 괜찮다는 의미였고, 약자인 본인이 강해져서 복수하는 것은 칭송 받을지 몰라도 테른 처럼 인간의 힘을 빌려 복수하는 것은 절대적으로 손가락질 받는 행위였다.

마족들은 마지막 마왕이 소멸되고 난 뒤에 더 이상 테른의 흔적을 발견할 수 없기에 소멸한 줄 알고 있었다. 마계 어디 에서도 테른의 흔적을 찾아볼 수 없었고 혈족의 종족도 완전 히 마계에서 사라졌기 때문이다.

그런데 아자젤이 역소환되면서 테른이 살아 있다고 마계 전체에 소문을 퍼뜨렸다. 아자젤은 당연히 배덕자 테른이 지 구에 멀쩡히 살아 있다는 소식을 들으면 마족들이 들고 일어 설 줄 알았는데 의외로 조용했다.

그 이유는 바로 아자젤이 강제로 역소환되었다는 것을 이 미 알고 있었기에 그랬다.

아자젤은 마계에서도 서열 30위 정도의 강자였다. 서열과 힘을 따지면 테른 따위는 발끝에도 미치지 못하는 실력의 차 이가 있는 것이다. 그런데 그런 아자젤이 테른을 만나서 강제 로 역소환되었다면?

결론은 간단했다.

테른이 아자젤보다 강하다는 것이다. 소환 계약을 강제로 파기하고 역소환시킬 만큼 타격을 입힐 정도면 실력 차이가 세 배 이상 난다는 말이다.

아무리 소환되어 갔다지만 아자젤이 그렇게 허무하게 마
계로 돌아왔으니 성급하게 나서는 마족이 없을 수밖에 없었
다.

그런데 그때,

[내가 가볼까?]

그 어떤 유혹이나 전쟁에도 엉덩이를 움직이지 않던 레치
에스가 슬그머니 마계의 숲을 벗어나 움직인 것이다.

마계에 있을 때 아자젤의 발끝에도 미치지 못하던 테른이
멀쩡히 살아서 지구라는 곳에 있다는 것이 호기심을 자극했
다. 거기다 어떤 상태로 지구에 있기에 역소환을 성공시켰는
지, 약자가 갑자기 강해졌는지도 궁금했다.

지구의 과학이라는 것이 레치에스의 시선을 묶어두는 데
도 한몫했다.

[왜, 불만 있나?]

레치에스가 나서자 원래 소환되기로 했던 마족이 한 발 뒤
로 물러섰다. 괴짜이기도 했지만 레치에스와 사이가 나빠서
절대로 이득 볼 것이 없기 때문이다. 그리고 과연 레치에스가
어떻게 움직일지도 궁금했다.

[그럼 레치에스 그대가 가겠는가?]

벨리알이 붉은 눈동자로 레치에스를 향해 말하자 웃으면
서,

[심심한데 놀러 갔다 오는 셈 치지, 뭐.]

마왕 앞에서도 거침없는 레치에스의 말투에 마왕의 심복들이 발끈했지만 그뿐이었다. 그들도 알고 있었다. 조용히 있고 괴짜로 알려진 레치에스이지만 마음만 먹는다면 현재 마왕인 벨리알과 싸워도 결코 뒤지지 않을 마족인 것을 말이다.

전투력만 보면 전대 마왕인 디아블로에 맞먹을 정도로 강한 마족이다.

[그대가 간다면 나야 환영하지.]

벨리알은 오히려 흡족해하면서 레치에스를 보내 버렸고, 소환된 레치에스는 곧바로 자신이 들어갈 적당한 어린아이를 찾았다.

바로 그 과정에서 인천에서 정기적으로 어린아이가 실종되는 사건이 발생한 것이다.

즉, 이미 레치에스는 소환이 끝난 상태로 함정을 파고 있었다. 덫을 놓고 먹이를 기다리는 사냥꾼처럼 말이다.

[마음에 들어?]

레치에스의 장난스런 말투와 달리 테른은 웃을 수 없었다. 봉쇄진에 완전히 갇혀 버린 것도 문제지만 완전히 봉인이 풀린 상태라고 해도 혼자서 레치에스와 붙으면 5대 5의 확률인데 뒤에 마리아와 백호연을 지켜가면서 싸워야 하는 것이다.

　물론 마스터에 올라 나름 전투력이 있다고 하지만 강신술로 마계의 힘을 대부분 사용할 수 있는 레치에스에 비하면 갓난아기에 불과했다.

　―무거운 엉덩이로 용케 행차하셨군.

　일부러 아무렇지 않게 테른은 말했지만 레치에스는 오히려 비웃었다.

　[크크큭, 테른 프롬발, 테른 프롬발, 네놈이 지금 이 상황에서 내가 너의 속셈을 모른다고 생각하는 건 아니겠지? 맞혀볼까? 네놈 지금 힘을 봉인당했지?]

　뜨끔!

　테른은 레치에스의 말에 순간 뜨끔했다.

　그런 테른의 반응에도 레치에스는 오히려 웃으면서,

　[본래 네가 모든 힘을 발휘한다면 이미 봉쇄진은 벌써 부서졌겠지. 안 그래? 크크큭, 혹시나 해서 봉쇄진을 설치했는데 유용한 정보를 얻었군그래.]

　그렇다. 레치에스는 현재 테른의 능력이 어느 정도까지 발휘될 수 있는지 시험하기 위해서 일부러 봉쇄진을 설치해서 가두어 버린 것이다.

　물론 봉쇄진 정도를 깨뜨리는 힘이 있어도 상관없었다. 그런데 이런 중급 마족을 가두기 위해서 만들어진 봉쇄진 정도도 어찌하지 못하고 있는 모습을 보고는 한심해서 모습을 드러낸 것이다.

―들켰군그래.

테른은 오히려 자신의 힘이 봉인당했다는 것을 숨기지 않았다. 그러자 레치에스도 덩달아 같이 웃으면서 몇 분 동안 서로 얼굴을 마주 본 채 웃기만 했다.

[크하하하하하하하하!]

―크크크크크크크크큭!

뒤에 있던 마리아와 백호연은 갑자기 테른과 레치에스라고 불린 어린애가 서로 마주 보고 웃기 시작하는데 왜 웃는지 전혀 알 수가 없었다.

그러다 갑자기 동시에 둘 다 웃음이 멈췄다.

[테른 프롬발, 너에게 한 가지 제안을 하고 싶은데 말이야.]

―……?

이미 봉쇄진에 가둬놓고 완전 다 잡아놓은 그물 속 물고기 같은 신세의 테른에게 레치에스가 슬그머니 부드럽게 말했다.

[벨리알은 너를 보면 무조건 소멸시키라고 했지만 말야, 난 생각이 달라. 지구라고 했던가? 이곳은 너무 좋더군. 인간이 너무 많아서 길 가다가 발로 차고 다녀도 표가 안 날 정도야. 거기다 그뿐인가? 신도 존재하지 않는 곳이지. 크크큭, 솔직히 난 신이 존재하지 않는 곳이 있다고는 생각지도 못했거든.

그런데 와서 보니 정말 신이 없더군. 이렇게 어린아이 몸에 내가 들어갈 수 있을 정도니 말이야. 그래서 말인데… 나와 손잡지 않겠나?]

―뭐?

당장 서로 죽자고 싸워도 시원찮을 판에 레치에스는 오히려 테른에게 손을 내밀었다.

[좋은 게 좋은 것이지 않나? 자네는 이곳에서 혈족의 씨를 퍼뜨리고 난 이곳에서 신으로 올라서 인간을 데리고 놀고 말이야. 어떤가?]

"저… 저… 악마가……."

백호연는 레치에스의 말을 듣고는 피가 거꾸로 솟는 느낌에 당장 튀어나가려고 했지만 마리아가 억지로 잡아서 겨우 막았다.

"호연 아저씨, 참아요. 지금은… 지금은……."

마리아도 테른이 저렇게 긴장하고 있는 모습을 처음 봤기에 처음에 어린애라고 방심했던 것은 이미 머릿속에 없었다. 거기다 무슨 천년을 살다 내려온 능구렁이처럼 테른을 놀리는 것부터 심상치 않았다.

그리고 한편으로는 도대체 마스터에 올랐는데 무엇 하나 제대로 하지 못하는 것에 화가 났다.

마스터에 올라 초인이라는 칭송을 많이 받았지만 지금 지구를 위협하는 마족이 나타나도 손 하나 건드릴 수 없을 만큼 힘의 차이가 컸으니 말이다.

'젠장, 마스터는… 껍데기에 불과했던가.'

처음으로 자신이 평생을 걸쳐 이룬 마스터의 경지에 회의가 느껴지기 시작했다.

─레치에스.

[말해라, 테른 프롬발.]

─내가 정말 인간을 지배하려고 했다면 네놈은 이곳에 발을 붙이지도 못했을 것이다. 그리고…….

테른은 말을 하면서 자신의 모든 마기를 끌어올렸다. 봉인으로 인해 금제가 발동되는 한계점까지 끌어올리면서,

─여기서 혈족이 사라지더라도 네놈과는 절대로 손잡을 일이 없을 것이다, 레치에스. 내가 모를 줄 알았더냐? 네놈이 반역으로 마왕이 죽자 가장 먼저 우리 혈족을 죽여야 한다고 이간질시킨 것을 말이다!!

파악!!

테른의 몸에서 검은 기류가 피어올랐다. 마리아와 백호연은 테른의 몸에서 형체화되어 치솟는 마기에 밀려서 뒤로 물러났다.

"…저건 도대체……."

백호연도 테른의 몸에서 느껴지는 마기의 기운에 피부가

따끔거릴 만큼 자극을 받았고 마리아도 마찬가지였다. 본능적으로 마나를 활성화시켜 마기가 몸으로 침입하는 것을 막고는 있지만 그것이 전부였다.

그만큼 지금 테른은 자신의 현재 능력을 모두 끌어올린 것이다.

마기를 겉으로 표출시키면 인간에게 독이 된다는 것을 알면서도 이처럼 행동하는 것은 둘 다 마스터이기에 믿는 구석도 있지만, 이렇게 하지 않으면 레치에스의 옷자락 하나 건드려 볼 수 없을지도 모른다는 위기감 때문이었다.

[크크큭, 알고 있었어? 에이, 지난 일인데 뭘 그걸 아직도 마음에 담아두고 있는 거냐. 그 녀석은 지상에서 소멸됐잖아. 그럼 자네의 복수도 끝난 건데 언제까지 과거의 일에 매달려 있을 거야? 안 그래? 이처럼 우리가 마음만 먹으면 신이 될 수 있는 지구가 바로 코앞에 있는데 말이야.]

—크크크크큭.

테른은 레치에스의 말에 입가의 미소만 흘리다가 천천히 앞으로 걸어나갔다. 그렇게 걸어오는 테른의 모습을 본 레치에스는 웃음을 멈추고는,

[결국 기회를 버리는구만.]

—애초에 네놈과 함께 숨 쉬는 것부터가 마음에 안 들었어! 휙!

천천히 걸어가던 테른이 갑자기 사라지더니 레치에스의
뒤에 나타났다. 그리고 마기를 응축한 주먹으로 내려찍었다.

아니, 내려찍으려고 했다. 그런데,

틱!

레치에스는 서 있는 그대로 손가락만 살짝 들어 올려 마기
를 응축한 테른의 주먹을 너무나 가볍게 튕겨내 버렸다.

퍼격!!

레치에스의 손가락에 튕겨 애꿎은 바닥을 내려친 테른은
바로 일어서려고 했다.

ㅡ크윽!!

[이런, 이런. 안 되지.]

이미 레치에스는 테른의 머리 위에 커다란 마기의 구슬을
만들어 그대로 내리눌러 버렸다. 힘이 봉인된 테른은 지금의
가벼운 공격도 도저히 막아 낼 수가 없었다.

빠직!! 빠지직!

위에서 짓누르는 마기 구슬의 압력에 테른의 무릎이 바닥
에 박혀 들어가고 있지만 테른도 결코 포기하지 않고 있었다.

그때,

"히얍!!"

백호연이 레치에스의 옆으로 빠르게 달려들면서 자신의
주먹에 마나를 가득 실어서 내려쳤다.

퍼격!

"쿨럭······!"

하지만 오히려 달려들던 속도보다 더 빠르게 뒤로 날아간 백호연은 가슴이 어린애 주먹 크기 정도 함몰된 채 입에서 피를 뿌렸다.

"호연 아저씨!"

마리아가 급히 맥없이 날아오는 백호연의 몸을 잡았지만 이미 백호연의 몸 상태는 말이 아니었다.

마스터라고 하지만 그건 인간의 기준으로 볼 때나 강한 것이다. 마계에서도 서열을 정할 수 없어서 서열이 없는 마족 중의 하나인 레치에스를 상대로는 기습을 했지만 이미 기습이 아니었다.

[인간은 찌그러져 있도록 해. 난 지금 바쁘거든.]

시뻘겋게 붉어진 눈동자로 마리아를 한번 쳐다보고는 다시 고개를 돌려 버린 레치에스였다.

"아저씨, 괜찮아요?"

"쿨럭, 크크큭, 진짜··· 강하네, 저놈."

백호연은 이 상황에서도 웃었다. 마리아가 백호연의 가슴을 살펴보자 그나마 천만다행으로 심장을 직접 타격 받지는 않은 듯했다. 이 정도 타격을 심장이 있는 위치에 맞았다면 그 자리에서 심장이 터져서 절명했을 테니 말이다.

레치에스가 일부러 빗맞춘 것인지 아니면 백호연이 순간적으로 비켜 맞도록 한 것인지는 모르지만 우선 당장 죽지는 않을 것이다.

하지만 그것도 잠시뿐이었다. 테른이 저 괴물에게 당하게 된다면 그다음은 보나마나 마리아와 백호연의 차례가 될 테니 말이다.

[어때? 아직도 나와 손잡을 생각이 없는 건가?]

레치에스는 집요하게 테른을 회유했다. 원래 좀 괴짜 성격이 강하긴 했지만 테른이 원수로 생각하고 있는데 계속 회유하는 레치에스도 정말 이해가 안 가는 성격이다.

─차라리 소멸시켜라!

테른도 죽으면 죽었지 레치에스와 손잡을 생각은 눈곱만큼도 없었다.

[에이, 이럼 안 되는데 말이야. 내 계획에 테른 프롬발 너의 도움이 꼭 필요한데… 어쩐다?]

앙증맞은 작은 손으로 자신의 턱을 괴면서 뭔가 생각하는 듯한 모습의 레치에스는 여전히 테른을 압박했다. 그렇게 몇 분을 고민했을까?

[정말 싫다 이거지?]

마치 마지막으로 물어본다는 듯 한 번 더 물어봤지만 돌아온 대답은,

─네놈의 살을 씹어 먹을 것이다. 네놈의 피를 불태울 것이다. 명심해라, 레치에스.

오히려 저주를 부르짖는 테른이었다. 그런데 그런 테른의 모습에 히죽거리면서 웃기 시작한 레치에스는,

[얼마든지 그러고 싶으면 해. 크크큭, 살아난다면 말이지. 뭐 더 이상 볼일도 없고 싫다는 마족 억지로 데리고 다녀봐야 나만 고생이겠지. 그럼…….]

화아악!!

갑자기 테른을 짓누르고 있던 마기 구슬이 급격하게 팽창하면서 두 배나 커졌다.

[죽어.]

화아악!!

두 배에서 다시 두 배가 커졌다.

─크아아아악!!

어떻게든 버티던 테른도 결국 온몸의 살이 찢어지고 피가 흐르기 시작하면서 바닥에 박혀들어 가기 시작했다. 더 이상 버티는 것은 불가능했다.

[잘 가. 벨리알에게 말은 잘해줄게. 크크큭, 끝까지 배덕자의 자존심은 지켰다고 말야.]

그리고 레치에스가 손가락을 튕기자,

슈슈슛!!

테른을 짓누르던 마기 구슬이 살아 있는 듯 테른을 집어삼키기 시작했다.

―레치에스!!

테른은 단발마의 비명을 지르면서 레치에스가 만든 마기 구슬 속으로 완전히 사라져 버렸다.

[쳇, 저 녀석의 머리가 있으면 한결 편했을 텐데… 별수 없지.]

오로지 테른의 뛰어난 머리 때문에 회유했을 뿐이다. 하지만 끝까지 싫다고 버티니 더 이상 방법이 없지 않는가? 처리할 수밖에.

[그럼 이제 인간들을 처리해야 되나?]

레치에스의 붉은 눈동자가 마리아와 백호연에게로 향했다.

테른을 집어삼킨 마기 구슬이 테른의 마력을 흡수할 때까지 시간이 남았고, 레치에스는 그 시간 동안 또 다른 놀이거리가 필요했다.

“……”

마리아는 자신의 눈과 레치에스의 붉은 눈동자가 마주치자 등골이 서늘해지는 것을 느꼈다.

[인간, 재미있는 놀이 하나 할까?]

“……”

　마리아는 대답은 하지 않았지만 레치에스에게서 절대로 시선을 떼지 않았다. 왠지 지금 시선을 떼게 되면 이대로 죽을 것만 같았기 때문이다.

　[그, 뭐더라? 아, 가위바위보 할래?]

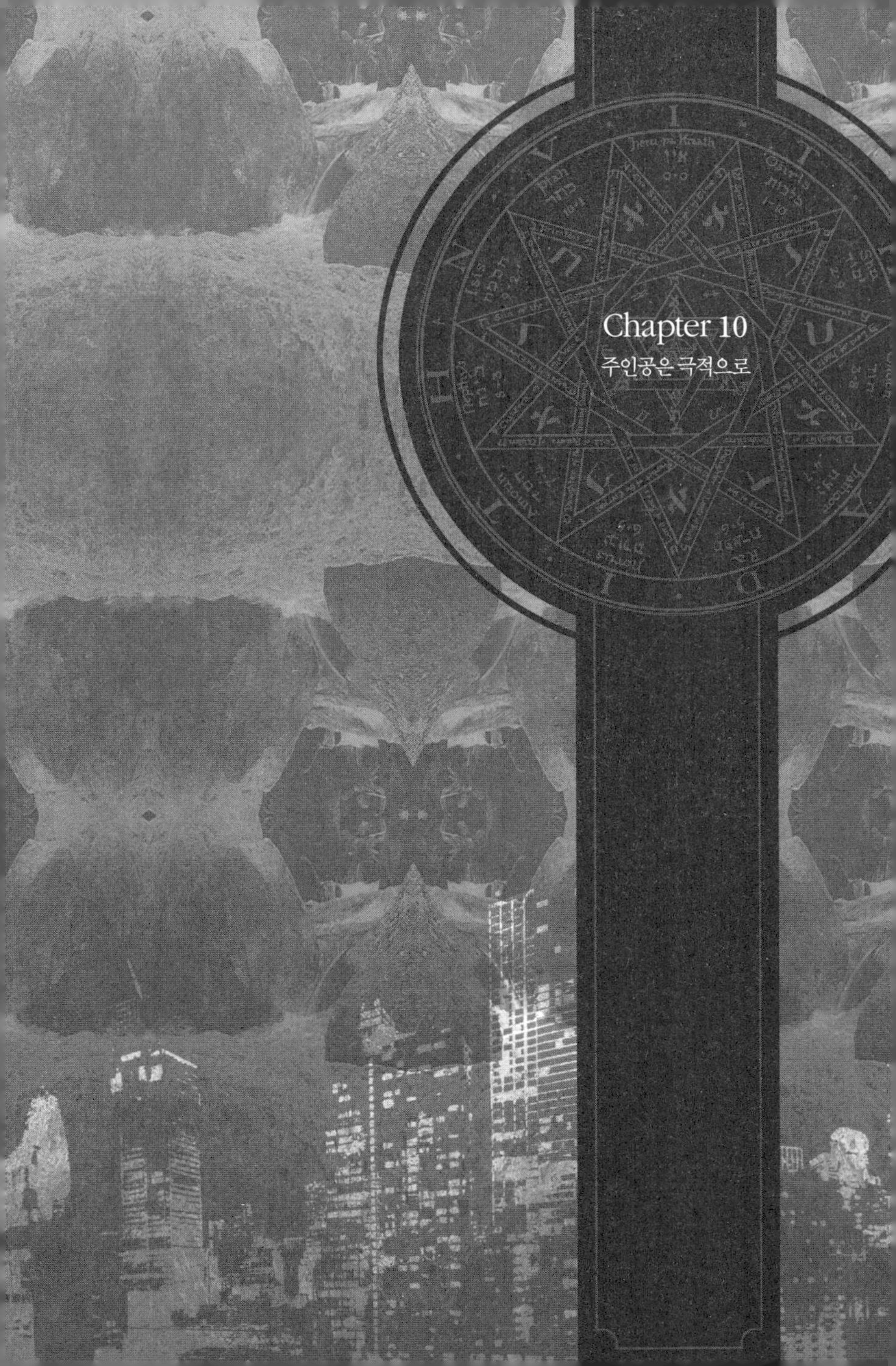

Chapter 10
주인공은 극적으로

완전 엉뚱한 레치에스의 말에 마리아는 순간 마음이 흔들릴 뻔했다.

스윽.

갑자기 레치에스가 사라졌다.

[할래, 말래?]

곧바로 마리아의 코앞에서 나타난 레치에스는 앙증맞은 작을 손을 내밀기까지 했다.

[못 믿어? 어이, 그렇게 생각하지 않았으면 좋겠어. 마족이라고 다 사기 치는 건 아니니까. 특히 나 레치에스는 사기 같

은 거 안 쳐. 그냥 가위바위보 해서 이기면 보내줄게. 어때?]

마치 어린애 달래듯 말하는 레치에스의 말이었지만 마리아는 오히려 반대로 졌을 때 어떻게 한다는 말이 없는 것에 더욱 긴장했다.

"제가 지면… 어떻게 할 거죠?"

[지면? 아, 그걸 생각 안 했네. 음, 뭐가 좋지?]

너무나 간단하지만 레치에스는 그냥 논다는 생각이 앞섰는지 자신이 이겼을 때 어떻게 할지 전혀 생각하지 않았던 것이다. 그러다 마리아의 말에 아차 싶었는지 완전 무방비 상태로 마리아 앞에서 뒤돌아 등을 보이기까지 했다.

"……"

하지만 마리아는 무방비로 등을 보여주고 있는 레치에스에게 손가락 하나 까딱할 수 없었다.

씨익~

갑자기 조용히 붉은 눈동자만 돌려 마리아를 슬쩍 바라본 레치에스는,

[왜? 공격 안 해? 완전 무방비잖아. 그냥 한번 찔러. 그럼 나도 죽을지 모르는데. 안 그래?]

오싹!!

마리아는 방금 레치에스의 말에 온몸의 피가 얼어붙는 듯했다.

일부러 등을 보여준 것이다. 그것도 보란 듯이 대놓고 바로 코앞에서 말이다.

그런데도 마리아가 꿈쩍도 안 하자 뭔가 자신의 생각보다 마리아의 반응이 재미있었는지 웃으면서 좋아했다.

지금 레치에스는 가지고 놀고 있는 것이다. 마리아를 말이다. 봉쇄진에 갇혀 있는 마리아는 창살 속에 갇혀 버린 햄스터와 다를 바 없었다.

그리고 레치에스는 장난삼아 툭툭 건드려 보기도 하고 괴롭히기도 하면서 좋아하는 어린애와 너무나 똑같았다.

[너, 마음에 드네. 어때? 나랑 같이 지구를 다스려 볼래?]

갑자기 레치에스는 마리아가 마음에 들었는지 손을 쑤욱 내밀었다.

그리고 기다렸다. 마리아가 손을 잡아주기를 말이다.

"내가 그걸 받아들일 것이라고 생각하나요?"

마리아는 발끈하면서 큰소리쳤는데, 레치에스는 자신이 일부러 선심을 쓰면서까지 말하는데 테른이나 마리아나 똑같은 반응을 보이는 것이 왠지 마음에 들지 않는 듯 붉은 눈동자가 더욱 진해졌다.

[참 답답하네. 테른이나 너나 좋은 게 좋은 거잖아. 안 그래? 아니면 그냥 죽여줄까?]

"차라리 죽여라!!"

마리아도 더 이상 이렇게 놀림감으로 치욕을 당하느니 차라리 죽고 싶었다.

덥석!

마리아의 말이 끝나자마자 레치에스는 마리아의 목을 작은 손으로 움켜잡았다. 손이 작아서 움켜잡지 못할 줄 알았던 마리아는 엄청난 힘으로 자신의 목을 조여오는 레치에스의 힘에 얼굴을 찡그렸다.

[참 이상해, 인간들은. 왜 그렇게 못 죽어서 안달난 거지? 크크큭, 아무튼 인간은 연구할 가치가 참 많은 종족이야.]

목을 잡은 채 레치에스가 허공에 떠오르자 마리아의 몸도 덩달아 떠올랐다.

"쿨럭! 컥컥……."

몸이 허공에 뜨자 목에 가해지는 압박이 더욱 강해져 완전히 숨이 막혀 버린 마리아는 발버둥을 쳤지만 소용없었다.

[음, 마지막으로 한 가지 소원을 들어줄게. 어떻게 죽여줄까?]

마지막까지 마리아를 가지고 놀려는 듯 레치에스는 얼굴이 하얗게 변해가는 마리아에게 물었다.

[목을 뽑아서 죽여줘? 아니면 몸을 찢어줘? 음, 왠지 좀 잔인하지? 아니면 그냥 태워줄까?]

화르륵!!

레치에스는 자신의 말이 끝나자 마리아의 목을 잡고 있던 손의 반대 손에 푸른색의 불꽃을 만들어내더니 히죽 웃었다.

[아～ 난 인간들이 불에 타면서 지르는 비명 소리가 가장 듣기가 좋더라고. 크크큭.]

그리고 그대로 자신이 만들어낸 푸른 불꽃을 뒤집어씌우려고 했다.

그때,

펑!!

[응?]

느닷없이 공기가 찢어지는 듯한 압력과 함께 파열음이 레치에스에게 들렸다. 그 때문인지 레치에스의 손에 만들어진 푸른 불꽃이 사라져 버렸다.

─레치에스!!

[테른 프롬발?]

마기 구슬에 먹혀 지금쯤이면 완전히 마기를 다 빨려 가죽만 남았을 것이라고 생각했던 테른이 마기 구슬을 찢어버리고 사뿐히 바닥에 내려섰다.

[네, 네놈이 어떻게 나온 거지?]

마기 구슬은 레치에스가 자주 쓰는 기술 중에 하나로 마족의 마기를 모으기 위해서 수천 년간 사용했던 것이다. 지금까지 마기 구슬에 삼켜져 빠져나온 마족은 단 하나도 없었다.

그런데 지금 테른이 그 기록을 갈아치워 버린 것이다.

"야, 꼬맹아."

[흡?]

테른에게 잠시 정신이 팔린 사이 느닷없이 들리는 목소리에 고개를 돌려보니 검은 머리카락에 빨려들어 갈 듯한 검은 눈동자를 가진 남자가 레치에스를 빤히 바라보고 있었다.

"뭐야? 마족이잖아?"

[응?]

강신술로 몸속으로 들어간 자신을 꿰뚫어 보는 듯한 검은 눈동자를 처음 접한 레치에스는 뭔가 이상한 느낌이 몸을 휩쓸고 지나가는 것을 느꼈다. 그리고 뒤늦게 자신의 손에 마리아가 없다는 것을 깨달았다.

"어린애가 너무 건방져. 쯧쯧쯧."

어느새 허름한 옷차림에 검은 머리카락의 남자가 마리아를 가볍게 안아 들고 있었다. 그는 기절해 있는 백호연 옆에 마이아를 눕히고는 팔짱을 끼면서 레치에스를 바라봤다.

"마왕급? 뭐, 그 정도네?"

한눈에 레치에스의 등급까지 알아본 남자는 테른을 지그시 바라보더니,

"테른."

―네, 마스터!

그렇다. 그 청년은 바로 현중이었다. 그동안 소식 하나 없이 사라졌던 현중이 다시 나타난 것이다.

"봉인 해제."

슈아아아아아아!!

현중의 단 한마디가 끝나자마자 급격히 테른의 마기가 치솟기 시작했다. 검은 기류가 형상화되면서 테른의 온몸을 감싸기 시작했고, 급기야 마기만으로 커다란 구체로 변한 마기는 테른을 집어삼켰다.

촤라락!

마기의 구체 안에서 커다란 검은 날개가 튀어나왔다.

촤라락!

반대편에도 검은 날개가 튀어나왔다.

파삭!

그리고 날개가 완전히 펼쳐지자 마기로 만들어진 구슬이 깨어졌고, 그 속에는 방금 전까지 보던 테른의 모습은 찾아볼 수가 없었다.

완전히 변해 버린 테른의 모습을 본 레치에스는 당황했는지 말까지 더듬으면서,

[어, 어떻게 완전한 마족의 육체를 가지고 이곳에 있을 수 있는 거지?!]

그렇다. 레치에스는 강신술이라는 편법을 이용해서 그나

마 가장 힘을 제약 없이 쓸 수 있는 방법을 찾았는데, 테른은 마계에서 보던 그 모습 그대로 나타난 것이다.

"테른, 알아서 해라."

현중은 더 이상 레치에스에 볼일이 없다는 듯 테른에게 떠넘겼다.

―감사합니다, 마스터.

현중을 향해 고개를 숙인 테른의 입가에 함박웃음이 그려졌다.

―레치에스, 내가 말했었지.

스팟!

테른은 사라져 버렸다. 그리고 다시 나타났을 때는 레치에스의 바로 코앞이었다.

―너의 살을 씹어 먹고……

퍼걱!!

그대로 커다란 주먹으로 어린아이 몸의 레치에스를 후려쳐 올린다. 하늘로 날아올라 간 레치에스를 따라 뛰어올른 테른이 레치에스의 바로 코앞에 얼굴을 들이밀었다.

―너의 피를 불태워 주겠다고.

공중에 떠 있는 레치에스의 몸을 커다란 한 손으로 움켜잡은 테른은 그대로 힘껏 쥐어짜 버렸다.

[크악!! 크악!!]

강신술로 소환된 레치에스는 자신이 들어가 있는 인간의 고통을 그대로 느끼는 듯 엄청난 비명을 질러댔다. 하지만 그것도 잠시,

퍼걱!

테른의 커다란 손아귀에 인간의 몸이 버틴다는 건 있을 수 없는 일이었다. 금방 터져 버린 레치에스는 테른이 말한 대로 피가 흘러 땅으로 떨어졌지만 그 피조차도 땅에 닿기 전에,

화르륵!!

푸른 불꽃으로 변해 검은 연기가 되어 사라져 버렸다.

마계에선 아무리 서열을 매길 수도 없는 마족이지만 결국 소환된 존재였기에 완전하게 봉인이 풀린 테른에게는 상대가 될 수가 없었다.

휘리릭.

봉인이 풀리자마자 허무하리만큼 간단하게 레치에스를 처리한 테른이 커다란 마족의 육체를 변화시켜 평소의 모습으로 돌아왔다.

그리고 현중 앞에 가서 무릎을 꿇었다.

―죄송합니다. 제가… 실수를 해서… 마스터의 동료 분이 상처를 입었습니다.

"됐어. 어차피 내가 자리를 비운 것부터가 실수였으니까. 그보다 이 사람, 중국의 마스터 맞지?"

현중은 전에 한 번 만난 적이 있는 얼굴을 기억해 백호연에
대해 묻자,

―네. 중국의 마스터인 백호연 씨입니다.

현중은 백호연의 가슴이 작은 주먹 크기로 함몰된 곳을 보
고는 자신의 손을 슬쩍 올렸다 내렸다. 그러자 거짓말같이 백
호연의 상처가 사라져 버렸다.

"자, 한 명은 됐고."

백호연을 간단하게 치료한 현중이 목을 잡고 정신을 못 차
리고 있는 마리아의 곁으로 가서는 등에 손을 대더니,

"흡!"

자신의 마나를 한번 강하게 집어넣었다가 다시 빼냈다.

그러자 현중의 마나로 인해 마리아의 마나가 강제로 활성
화되더니 금세 마리아의 목에 있던 손자국이 사라지기 시작
했고 호흡도 정상으로 돌아왔다.

"끝~"

1년 동안 사라졌다 다시 나타난 사람 같지 않게 일 처리를
한 현중이 그래도 정신을 차리지 못하고 있는 마리아를 안아
들었다.

"테른 넌 이 사람 좀 데리고 가자."

―네, 마스터.

테른은 곧바로 백호연을 들어 어깨에 걸치고는 공장을 빠

져나왔다.

완전히 빠져나오자 현중은 잠시 걸음을 멈추고는 뒤를 돌아 버려진 공장을 한번 바라보더니,

씨익~

현중 특유의 웃음을 짓고는 가볍게 왼발을 들어 땅을 찍었다.

콰앙!!

보기에는 정말 가볍게 발을 찍었지만 그 결과는 엄청났다. 현중이 발을 찍어 누른 곳을 시작으로 땅이 갈라지더니 정확하게 조금 전 레치에스가 나타났던 공장까지 이어졌고, 순식간에 땅이 벌어졌다.

쩌어어억!!

지진이 일어난 것이다. 그것도 현중이 인위적으로 만든 지진이 말이다.

그렇게 일어난 지진은 순식간에 공장을 집어삼켜 버렸다. 그리고 현중이 발을 떼자,

우지끈, 드르르륵!

땅이 살아 있는 듯 다시 닫히기 시작했다.

쿠웅!!

잠깐 몇 초의 시간이었지만 버려진 공장은 땅속 깊은 곳으로 완전히 사라져 버렸다. 그리고 다시 땅이 닫혀 버려서 그

흔적조차 찾아볼 수 없게 되었다.

"가자."

지진을 일으켜 공장을 깔끔하게 치워 버린 후 별것 아닌 것처럼 다시 돌아선 현중은 그대로 사라졌고 테른도 뒤를 따랐다.

"현중 씨!!"

가장 먼저 깨어난 마리아는 현중을 보자마자 그대로 현중의 가슴으로 뛰어들었다.

"이런… 마리아 씨."

현중도 그리 싫진 않은지 마리아를 굳이 밀어내진 않았지만 그렇다고 안지도 않았다. 다만,

"몸에서 냄새날 텐데……."

라고 조용히 말했다.

"그게 별건가요? 현중 씨가 무사히 돌아왔다는 게 중요하죠."

마리아는 자신들이 어떻게 무사히 돌아왔는지는 이미 머릿속에 없었다. 눈을 뜨자마자 현중이 자신의 눈앞에 앉아 있는 모습을 보자 다른 것은 생각할 것이 없이 무작정 뛰어든 것이다.

[전 안 보이나 봐요?]

현중의 품에 안겨서 한참 좋아하는 마리아의 머릿속으로 전음이 들려 고개를 들자 뒤쪽에 메로우가 웃는 얼굴로 손을 흔들면서 앉아 있었다.

메로우와 현중이 동시에 사라졌다가 같이 다시 나타난 것이다.

[환영해요, 메로우.]

마리아는 한발 늦었지만 메로우에게도 다가가서 힘껏 안아주었다.

이렇게 마리아가 열렬한 환영을 하는 반면 백호연은 깨어난 뒤로 심드렁한 표정으로 앉아 있기만 했다.

"오랜만에 뵙습니다."

현중이 백호연에게 다가가 먼저 인사하자 백호연은 잠시 현중을 뚫어지게 쳐다보더니,

"진짜군."

씨익~

현중은 백호연의 말에 대답 대신 웃음으로 대신했다.

"회의를 느끼십니까?"

현중이 조용히 백호연에게 말하자 현중의 말을 들은 백호연은 피식 웃었다.

"인생사 다 그런 거 아니겠어? 강자가 있으면 약자가 있는 법이니까 말이야. 세상은 다 그렇게 만들어져 있거든."

　마치 아무것도 아니라는 듯 말하고 있지만 백호연의 눈동자는 이미 공허하게 변해 있었다.

　마족이라고 하지만 압도적인 무력을 처음으로 경험한 백호연은 마리아와 같이 마스터에 오른 자신의 경지가 마치 한 장의 종잇조각보다 못하게 느껴진 것이다.

　"자네가 처리했는가?"

　백호연이 조용히 물어보자 현중은 고개를 흔들면서,

　"본래 처리해야 할 녀석이 있어서 양보했습니다."

　양보했다는 현중의 말에 백호연은 직감적으로 현중이 충분히 레치에스를 처리할 수 있지만 일부러 테른에게 양보했다는 것을 알았다. 테른도 솔직히 백호연에게는 괴물이었는데 현중도 만만치 않을 것 같다고 느꼈다.

　아직 현중이 어떤 힘을 가졌는지 직접 본 적이 없는 백호연은 막연히 자신의 짐작과 느낌을 믿을 뿐이었다.

　"자, 오랜만에 돌아왔는데 뭐 선물 없나요?"

　살짝 분위기를 바꿔보려고 농을 건네자 다들 피식 웃어버렸다.

　"1년 동안 소식이 없다가 갑자기 나타난 매정한 사람이 할 말은 아닌 것 같네요."

　마리아가 살짝 뾰로통하게 말하자 현중은 슬쩍 미소만 지었다.

“우선은 각자 돌아가 쉬도록 하세요. 큰일이 있었으니까
요.”

거의 죽다 살아난 경험을 한 백호연과 마리아다. 지금이야
기쁜 마음에 모르고 있지만 육체적으로 이미 피로가 많이 쌓
여 있을 것이 분명했기에 억지로 현중이 돌려보내려고 했다.

마리아가 슬쩍 다가와서는,

“현중 씨.”

“네?”

“설마… 내일 또 사라지는 건 아니죠?”

“음…….”

현중이 장난삼아 고민하는 척하자 마리아의 얼굴 표정이
곧 울 것같이 변했다.

“후후훗, 장난입니다. 더 이상 갈 곳도 없거든요.”

배시시~

현중의 말에 물이 없어 시들어가던 꽃이 물을 한껏 머금고
활짝 피어난 것처럼 마리아의 얼굴이 확 변했다.

“어디 사라지면… 정말 이번에는 제가 쫓아갈 거예요.”

이미 한번 사라졌을 때 차라리 같이 남아 있을 것이라고 후
회한 적이 한두 번이 아니었던 마리아는 두 번 다시 기다리는
것은 사양하고 싶었다. 1년 조금 넘게 마냥 기다리기만 하는
사람의 심정은 기다려 본 사람만이 알 것이다.

　그건 설렘과 함께 엄청난 고통이 뒤따르는 고행의 길이었기 때문이다.

　우선 잘 달래서 각자 쉴 곳으로 돌려보내기 위해 내보내는 와중에 마리아가 다시 뒤돌아보면서 현중에게,

　"그리고 잊지 마세요. 현중 씨가 사라졌던 시간 동안 제가 마스터 교육 훈련시켰다는 것을요."

　"네."

　여왕이 거의 억지로 떠넘긴 마스터로 만들어주는 훈련을 말하는 것이다. 상황이 심각한 것을 깨닫고 우선 만사 제쳐두고 사라졌다가 다시 돌아온 만큼 이제 본격적으로 일을 추진해야 했다. 현중이 그냥 사라졌던 게 아닌 만큼 말이다.

　마지막까지 아쉬워하는 마리아를 끝으로 돌려보낸 뒤 현중이 소파에 허리를 깊이 묻으면서 앉았다.

　"테른."

　─네, 마스터.

　─뭐 좀 알아낸 거 있어? 돌아오자마자 대동그룹은 텅텅 비어 있고 이상한 곳에 네가 있기에 가긴 했지만 설마 강신술로 소환된 마족을 만나게 될 줄이야……."

　현중은 기쁜 마음으로 돌아왔는데 막상 와보니 아무도 없었다. 그래서 별수 없이 테른의 기척을 찾아봤는데 마리아의 기척도 같이 느껴진 것이다.

그런데 이상하게 희미했다.

마치 무언가 방해하는 것처럼 말이다.

뭔가 이상한 느낌이 든 현중은 그대로 이동해서 갔고, 그 후에는 이미 알고 있는 대로다.

─마족들이 본격적으로 지구에 모습을 드러내기 시작했습니다. 그것도 소환술이라는 방식으로 나타나고 있습니다.

"소환술? 그거 제약도 많고, 소환술에 응하면 마족끼리 얼마나 못났으면 소환에 응하느냐고 손가락질한다고 하지 않았어?"

현중이 알기로 마족이 인간의 제물을 받고 소환에 응하는 것은 중급 마족이 한계였다. 상급 마족인 서열 마족은 자존심이 강해서 절대로 인간의 제물에 응해서 소환되는 일은 하지 않았다.

그런데 지구에서는 그런 관례가 깨어져 버렸다.

카일라제가 현신강림을 해서 현중에게 충격을 주더니, 치우천황무를 완벽하게 익히기 위해 수련을 마치고 돌아와 보니 마족 놈들이 소환술로 소환되어 깽판치고 있는 모습을 본 현중은 기가 막혔다.

─아무래도 뭔가 이상합니다.

"이상? 뭐가?"

현중은 한동안 떠나 있었기에 그동안의 정보에 둔감해져

있었다. 그리고 테른은 그런 현중에게 그동안 자신에게 있었던 일을 하나도 빠짐없이 말하기 시작했다.

거의 두 시간 가까이 테른의 설명을 들은 현중은 테른의 말이 끝나자 한숨부터 내쉬었다.

"에휴, 미친놈들까지 설치는구만."

두 개로 갈라져 버린 백련교의 한 무리에서 인간을 제물로 마족을 소환한다는 말을 들었을 때는 현중은 자신도 모르게 인상을 찡그렸다.

솔직히 소환술 자체가 거의 운발로 성공하는 경우가 대부분이라서 미신으로 치부하는 것이 대부분인데, 분리되어 따로 떨어져 나온 백련교 녀석들은 수백 명을 희생시키면서까지 결국 성공한 것이다.

"백호연 씨는 뭐래?"

중국의 백련교 문제이니 당연히 중국의 공인 마스터인 백호연이 나설 것이기에 물어보자,

―완전히 숨어버렸다고 합니다. 그러는 와중에 저희와 접촉하게 되어 함께 움직이게 되었습니다.

"결국… 아직도 꼬리는 잡히지 않는다는 거군. 나 참."

솔직히 현중도 자신이 수련하는 동안 테른이 커다란 뭔가를 이뤄낼 것이라고는 생각하지 않았다. 아무리 테른이 유능하지만 혼자의 몸이다.

혼자서는 한계가 있는 법이니 말이다.

"별수 없지. 마리아와 백호연 씨는 마족의 존재를 이제 알고 있으니까 적극적으로 도움을 받아야겠다."

―알겠습니다.

"그리고 너의 봉인은 이대로 풀어둔 채로 둘게."

―…….

테른은 현중이 자신의 봉인을 풀어둔 채로 둔다는 말에 솔직히 좋다고 할 수도 없고 그렇다고 싫다고 할 수도 없었다.

"됐어. 그 꼴 다시 당하지 않으려면 별수 없잖아. 마왕급 녀석까지 겨우 인간의 피를 대가로 땅속에서 튀어나오는 마당에 언제까지 너를 봉인으로 묶어둘 수는 없으니까."

―감사합니다.

테른은 순전히 현중이 자신을 생각해서 봉인을 완전히 풀어주겠다는 말에 고개 숙여 감사했다. 솔직히 레치에스를 상대할 때 자신의 봉인 때문에 얼마나 애먹었는가. 특히나 레치에스의 마기 구슬에 갇혔을 때는 정말 봉인을 원망했다.

힘이 없어서 당하는 게 아니라 힘을 쓰지 못해 당한다면 그것만큼 억울한 일이 없으니 말이다.

"그럼 우선 마족 문제는 잠시 미뤄두고 업무 보고로 들어갈까?"

현재 별 뾰족한 수가 없는 마족 문제는 잠시 뒤로 미루고 현중이 그동안 대동그룹의 상태에 대해서 물었다. 테른은 미리 준비라도 한 듯 깨끗하고 알기 쉽게 정리된 프린트를 한 장 보여주었다.

"에엑? 오히려 돈을 벌어들이고 있네?"

W패드가 출시되는 시점부터 대동그룹의 적자가 흑자로 돌아선 것이다. 거기다 W패드2가 출시되고 나서는 흑자의 범위가 가파른 상승 곡선을 그려서 거의 일직선으로 치솟고 있었다.

주식 시장에서 대동그룹의 주가가 이미 성공을 보장하는 주식으로 변한 지 오래였다.

불과 1년 전에는 휴지조각이던 대동그룹의 주식이 그 짧은 시간에 국내 주식 시장에서 가장 인기 있는 주식으로 변한 것이다.

현중도 그냥 대충 잘되겠지 하는 생각으로 오희연을 밀어줬는데 이건 생각 이상이었다.

대동그룹을 W패드가 지금 먹여 살리고 있는 것이다.

거기다 W패드2가 나오자마자 물량이 달려서 중고가 신품보다 비싸지는 기이한 현상까지 벌어졌다.

특히나 외국에서는 W패드2의 가격이 정가의 두 배를 넘은 지 오래였다.

우선 한국과 미국, 그리고 영국에 먼저 출시했기에 그 외의 국가는 오히려 비싼 가격에 W패드2를 사야 했던 것이다.

하지만 그마저도 물량이 없어서 가격은 계속 하루가 다르게 오르는 중이었다.

"장난 아닌데?"

현중은 그래프만으로도 자신이 예상한 것보다 훨씬 크게 성공한 것에 매우 만족하면서 테른을 바라봤다.

"이제 슬슬 넘겨도 되겠지?"

현중이 슬쩍 테른에게 말하자 테른도 고개를 끄덕이면서,

─최소한 자신의 열정과 믿음을 배신할 성격은 아닌 것이 확인됐습니다.

"좋아, 그럼 오희연을 대표로 발령해 버려."

─네, 알겠습니다.

오희연 본인에게는 아마 내일 갑작스런 발령 공문이 엄청난 충격이겠지만 사실 현중은 그전부터 준비하고 있었다.

대동그룹을 집어삼키긴 했지만 지금에 와서는 애물단지나 다름없었다. 버릴 수도 없고, 그렇다고 가지고 있자니 손발을 묶는 족쇄나 마찬가지였다.

앞으로는 사이언톨로지를 찾는 것과 카일라제를 상대하는 것에 총력을 집중해도 모자랄 판이다. 거기다 돌아와 보니 전혀 반갑지 않은 마족 소환이라는 복병까지 나타났으니 더 이상 대동그룹에 묶여 있을 수가 없는 것이다.

그렇게 별거 아닌 것처럼 끝난 승진 소식은 다음날 대한민
국을 발칵 뒤집어 버렸다.

"들었어? 이번에 오희연 팀장이… 대표이사가 된대."

"뭐? 설마……?"

가장 먼저 공문을 받은 전산부에서 시작된 소문은 삽시간
에 대동그룹 전체에 퍼졌다.

그리고 특종 냄새를 기가 막히게 찾아다니는 기자들이 알
아채면서 인터넷을 뜨겁게 달구기 시작했다.

20대 중반의 평범한 커리어우먼으로 시작한 오희연, 1년 만에 대동
그룹을 살리더니 파격적으로 대동그룹의 대표이사로 취임하다.

그렇게 사람들의 호기심을 일으킨 기사 제목은 삽시간에
수만 건의 조회수를 기록했다. 연일 뉴스에서는 대동그룹의
파격적인 승진 인사에 모든 관심이 쏠렸다.

"회장님, 그게……."

모든 세간의 부러움을 받고 있는 오희연이었지만 정작 회
장실에서 현중과 마주하고 있는 자리에서는 오히려 제발 이
번 승진 발령을 취소해 달라고 애걸하고 있었다.

"왜요? 승진 싫어요?"

현중이 심드렁한 표정으로 한마디 하자,

"아니… 그게 싫은 게 아니라… 그게… 참… 제게 이렇게 무거운 짐은 부담만 될 뿐입니다."

보통의 사람들은 승진하면 좋아한다. 월급이 오르고 자신을 회사에서 인정해 주는 것 같은 느낌에 자부심도 생기기 때문이다.

하지만 그 승진의 단계가 너무 가파르게 올라간다면? 정확하게 두 부류의 사람으로 나뉜다고 한다.

첫 번째는 어깨에 힘을 잔뜩 넣어 다니면서 인하무인으로 나대는 사람이다.

두 번째는 애써 사양하는 부류다. 승진도 어느 정도껏 해야 기뻐할 수 있다. 일개 팀장에서 자고 일어나니 갑자기 대동그룹의 대표이사가 되어 있다? 꿈이라도 이런 꿈은 꾸지도 못할 것이다.

미국에서 인생 역전이라고 하는 메가로또에 당첨되어도 지금 오희연보다는 못할 것이다.

오희연이 대표이사에 오르면 그때부터 대동그룹에서 현중 외에는 그 누구도 오희연에게 뭐라고 할 사람이 없어지는 것이다.

솔직히 오희연은 그게 덜컥 겁이 났다. 어제만 해도 W패드 2의 펌웨어와 앞으로 판매 방향 등을 고민하고 있었는데 자고 일어나니 대동그룹의 대표이사라니?

“오희연 씨가 싫다고 하면… 별수 없이 외국 기업에 팔아 버려야 하는데…….”

“네엑?!”

현중의 말에 오희연이 벌떡 일어서면서 현중을 향해 뭐라고 하려다가 급히 입을 다물었다.

그런 오희연의 모습에 씨익 웃은 현중은,

“그러니 오희연 씨가 하면 되잖아요? 그리 어려울 거 없어요. 저를 봐요. 어렵던가요?”

현중이 자신이 대동그룹을 이끌어왔던 것을 말하자 솔직히 오희연의 마음이 흔들리기 시작했다. 현중이라고 별다를 것이 없었다. 다만 압도적으로 많은 돈의 힘으로 몰아붙였을 뿐이다. 그리고 신입이라고 해서 차별을 두지 않고 일개 사원의 말에도 귀를 기울였다.

그뿐인가? 결정이 내리면 한 치의 의심도 없이 밀어줬다.

그 결과가 바로 지금의 오희연이다. 그러니 어떻게 생각하면 크게 어려울 것도 없어 보이기도 했다.

씨익~

현중은 오희연의 눈동자가 흔들리는 것을 확인하고는 슬쩍 계약서를 내밀면서,

“길지도 않아요. 3년만 해봐요. 해보고 안 맞으면 뭐 그땐 다시 제가 돌려받을 테니. 어때요?”

"……"

심하게 갈등하는 오희연은 계약서를 보는 순간 머릿속에서 오만가지 생각이 뒤죽박죽 뒤섞이고 있었다.

물론 현중은 3년 뒤에 싫다 한다고 해서 돌려받을 생각은 추호도 없었다.

이렇게 오희연에게 넘어가면 그 길로 현중은 잠수 탈 생각이었다.

괜히 변덕으로 대동그룹을 삼켰다가 애물단지가 되어버린 것을 다시 돌려받는다? 어림도 없는 소리다.

물론 자금 지원은 계속 해줄 것이다. 현재는 현중의 자금 지원이 필요하지 않을 정도로 흑자를 기록하고 있긴 하지만 사업이라는 게 언제 어떤 일이 벌어질지 모르는 것이라 우선은 오희연이 마음대로 해보라고 계약서에 자금 지원은 원하는 만큼 해준다고 써놓은 상태였다.

"겨우 3년인데……."

현중은 일부러 3년을 강조하면서 계약서를 계속 오희연 앞으로 조금씩 밀었다.

그러자 오희연도 펜을 집었다가 다시 놓았다가 반복하면서 심하게 고민하더니 결국,

"정말… 3년만 하고 제가 싫다고 하면… 다시 본래의 팀장으로 돌려주시는 건가요?"

"당연하죠."

물론 어림도 없는 소리다.

하지만 여자를 홀리는 현중의 미소와 함께 오희연은 그렇게 현중이 쳐놓은 덫에 걸려들어 버렸다.

스스슥.

한참을 고민한 끝에 결국 오희연이 계약서에 사인하자 그대로 현중은 시리에게 넘겨 버렸고, 곧장 정식으로 계약이 되었다고 발표까지 해버렸다.

승진 발표를 한 지 하루 만에 대동그룹은 주인이 바뀌어 버렸다.

그것도 20대 팔팔한 여자 CEO로 말이다.

물론 오희연이 대표이사에 오르는 것에 말은 많았지만 자격을 의심하는 사람은 별로 없었다.

희대의 역작 W패드가 오희연의 뒤를 든든하게 받쳐주고 있기 때문이다.

『현중 귀환록』10권에 계속…

『비상하는 매』의 신선함, 『더 로그』의 치열함,
『월야환담』의 생동감.

그 모든 장점을 하나로 뭉쳐 만든 홍정훈식 판타지 팩션!

아더왕과 원탁의 기사.

전설의 검 엑스칼리버의 가호 아래 역사에 길이 남을 대왕국을 건설한
위대한 왕과 그의 충직한 기사들.

"…난 왜 이리 조건이 가혹해?!"

그 역사의 한복판에 나타난 이질적 존재, 요타!
수도사 킬워드의 신분을 빌려 아트릭스의 영주가 되어 천재적인 지략과 위압적인 신위를 휘두르며
아더왕이 다스리는 브리타니아에 정면으로 반기를 든다!

전설과 같이 시공을 뛰어넘어
새로운 아더왕의 이야기가 우리 앞에 나타난다!

Book Publishing CHUNGEORAM

귀환인! 歸還人

김동신 퓨전 판타지 소설

모든 마수의 왕 베히모스.

그의 유일한 전인 파괴의 마공작 베르키.
마계를 피로 물들이고 공포로 군림했던 그가
드디어… 꿈에 그리던 한국으로 돌아왔다.

"친구들아,
나 권태령이 드디어 돌아왔어!"

피로 물들었던 마계의 나날을 잊고
가족과도 같은 친구들과 지내는 생활.
그 일상을 방해하는 자들은 결코 용서치 않는다!

살기가 휘몰아치는 황금안을 깨우지 말라!
오감을 조여오는 강렬한 퓨전 판타지의 귀환!